SIGHT

A Novel by
Jessie Greengrass

我们的人生大事

[英] 杰西·格林格拉斯 / 著

曹昕玥 / 译

江苏凤凰文艺出版社
JIANGSU PHOENIX LITERATURE AND ART PUBLISHING

图书在版编目（CIP）数据

我们的人生大事 / (英) 杰西·格林格拉斯著；曹昕玥译. -- 南京：江苏凤凰文艺出版社，2021.1

书名原文：Sight

ISBN 978-7-5594-4404-2

Ⅰ. ①我… Ⅱ. ①杰… ②曹… Ⅲ. ①长篇小说—英国—现代 Ⅳ. ①I561.45

中国版本图书馆CIP数据核字（2020）第002878号

江苏省版权局著作权合同登记：图字10-2020-19号

我们的人生大事

［英］杰西·格林格拉斯　著　　曹昕玥　译

责任编辑　孙金荣
策划编辑　勾勾儿　贾博涵
特约编辑　郑嘉期
责任校对　孔智敏
出版统筹　孙小野
出版发行　江苏凤凰文艺出版社
　　　　　南京市中央路165号，邮编：210009
网　　址　http://www.jswenyi.com
印　　刷　三河市金元印装有限公司
开　　本　787毫米×1092毫米　1/32
印　　张　6.5
字　　数　118千字
版　　次　2021年1月第1版
印　　次　2021年1月第1次印刷
书　　号　ISBN 978-7-5594-4404-2
定　　价　52.00元

江苏凤凰文艺版图书凡印刷、装订错误，可向出版社调换，联系电话025-83280257

献给艾达

这本书因她而艰难，也因她而完成。

I

又入夏了。天气依旧难以捉摸，但总算不再乍寒乍暖，而我再一次怀孕了。在我眼前的这张普普通通的书桌虽然零乱，用起来倒是挺方便。桌子紧挨着雨渍斑驳的玻璃窗，从窗户望出去，可以一直望到花园那一头，女儿在那儿玩耍，约翰尼斯照看着她。

近来，女儿走路不再像学步期那样跌跌撞撞了。当我们走在一起，她已经有了自己的节奏，不再对我亦步亦趋；当我们面对面坐在桌前，我总会发现她长高了好多，腰板也挺得更直，举止有模有样。过去，她的想法在脸上展露无遗，就像天气的阴晴变化。可是现在，我再也没法一眼将她看穿，她在我眼里已经不再像从前那么透明：她渐渐有了复杂的心思，并且学会了如何隐藏。当我抱起她来，她的体重简直出乎我的意料。这种陌生感反复提醒着我：我们之间正拉开距离。过去，她喜欢爬到我身上，双腿盘住我的腰，双臂环着我的脖子，仿佛我是一件家具，又仿佛我是她身体的延伸部分，虽在她掌控之外，却与她亲密无间。而现在，她总是独自站在一边，我要伸手才能够得到她。而且,她站得离我一次比一次远。她成长的过程，也正是她从我眼前消失的过程。我对她的了解越来越少，她的秘密越来越多。我留在原地,她渐行渐远。其实事情本该如此，可我还是忍不住想要赶到她身边，竭尽所能地伸手去够她——她就站在那儿，金黄绚烂的连翘树丛衬托出她的身影，而我要把她拉回到我身边,让她永远待在我的视线范围内。唯有这样，她才能永远都是我所熟知的那个她。

1895 年 12 月 28 日，在巴黎的大咖啡馆“印度沙龙”，奥古斯特和路易斯这对卢米埃尔家的兄弟从他们自己拍摄的电影胶片中遴选出精华部分，首次进行公开放映。整整一下午，前来观看电影的人们沿着嘉布遣大道排起了长龙，他们呼出的热气在冰冷的空气中融成升腾而上的白雾。所有人满怀期待，准备见证一个奇迹。终于，大家在一排排的木质长椅上坐下，奇迹果然出现了：闪烁不定的黑白影像中，奥古斯特把他幼小的女儿抱到金鱼缸上，让她站稳了，好低头看缸里的水。电影放映之时已是隆冬，天色也已经黑了下来，可是当一帧帧画面微微抖动着在银幕上掠过，呈现出的却是好几个月之前某个夏日午后的景象。恰在影片上映的同一时刻，六百英里之外的德国巴伐利亚州维尔茨堡，物理学家威廉·康拉德·伦琴疾步穿过街道，把一张纸递到大学物理医学学会会长的手中。那张纸上记录的正是人类对 X 射线的首次发现。而在数个星期之前，卢米埃尔兄弟刚刚完成了电影胶片的制作，伦琴则独自待在他的实验室里，将窗户统统蒙上厚布，即便是在冬天，无比微弱的阳光也不被允许漏进一丝一毫。就在这间实验室里，伦琴亲眼看见所有原本坚实的东西都变作了透明之物。那些不透光的材质——木头，石头，乃至他本人的皮肉，都在眼前化为带阴影的轮廓。物质世界的基底以图像形式呈现在了底片上，就好比一份清单，上面只列出金属、骨骼以及所有不会腐烂的东西。它保存的是“基底”，而电影保存的是“表象”，二者相映成趣。

几年前，我偶然发现上述两桩事件竟然发生在同一天，简直激动得魂不守舍。当时的我，正处于人生的一个重要节点，始终难以决定到底要不要生孩子。从雨水连绵的春天一直到阴云密布的初夏，一连几个月，每到傍晚时分，约翰尼斯和我就肩并肩坐在沙发上，也有时坐在花园里，谈着孩子的事；也可以说，我们其实并没有真的在谈这件事，可也从来没有谈过别的事，所有的话语都只不过是闪闪烁烁的潜台词，仿佛全在影射我的困境，责怪我作茧自缚。我真的好想要个孩子，可又无法想象自己怀孕当母亲会是什么样子。我觉得孤立无援，没了主心骨，还满怀恐惧——或许事实并非如此，这些不过是我自己的想象罢了。我之所以如此忐忑，是因为我知道孩子一旦出生就没法再塞回去，而且出生以后还会有很多的事情。该怎么把孩子养大呢？那是我承担不起又无法推卸的责任，我的一举一动都有可能酿成严重的后果，一不小心就会把另一个生命塑造成糟糕的模样。我夹在渴望与恐惧的两极之间，整天闷闷不乐，还逼得约翰尼斯也跟我一样闷闷不乐。我一分钟换一个主意，却始终没法儿决定，就好比盯着地上的一道大裂缝，试图跳过去，可每次挨近裂缝边缘，几乎就要跳了，我却又逃走了。那一年，我无数次跪在约翰尼斯面前说："我不知道该怎么办，我该怎么办？"

直到他无计可施地用双手捧住我的脸，对我说："我爱你。"

因为他没别的话可说，他早已说尽了所有他能想到的论据。对他来说，答案再明显不过了：我们先要孩子，后续的事儿自然会跟上。他并不担心自己能否胜任父亲的角色，不担心自己有没有能力保护孩子，他也不会去想万一以后大地塌陷了，不光我们会跌倒，就连孩子也会摔得鼻青脸肿。真到了那个时候，一切就太迟了。尽管约翰尼斯是个脾气很好的男人，可是面对这样的我，他还是无言以对。有时候，我能从他的语气里听出一丝掩不住的挫败感。白天，我不工作，茫然地坐在那张正对着花园景致的书桌前，看着一段四十二秒长的影片，就是卢米埃尔兄弟拍摄的那部《捉金鱼》。事到如今,我们也只能寄希望于船到桥头自然直了:办法总会有的,只要能把它找出来就行。我将注意力转移到一百多年前某个午后在法国里昂拍摄的这段奇异影片中。在片中小女孩的脸庞上,我仿佛看到了从童年时光中提炼出的精华。假如我就是片中的那个父亲或是那个女儿,我会有怎样的表现?要是我看影片看得再仔细点儿,奥古斯特怎样抱着他女儿?她怎样用小手拍打着水面?又怎样对父亲报以笑容……那么,这些细节我就能尽数记在心间,并且为我所用了。试想:约翰尼斯和我,再加一个孩子,三个人一起待在同一间房子里会是个什么情形呢?我原本对此一无所知。因为我还没过完童年,父亲就抛下了我们母女,我对他已经没有多少印象了;母亲则在我二十刚出头的年纪去世了,她的死亡如此凄凉,一连几个月我都意识不到自己究竟有多难受,还以为我只是终于长大了,那种难受只不过是成长过程中必经的抑郁。我以为,成长,也就意味着终于明白这世界无非就是它所呈现出来的那副寒森森、硬邦邦的表象。我唯有靠阅读来填满那些连悲痛都填补不了的空虚。起初,我有什么读什么,来者不拒。母亲的死打垮了我,我整个人碎了一地,成了一座废墟。后来,我总算能把碎片拾掇拼凑,在废墟上重建自己。给予我力量的正是伦琴和X射线的早期历史。那两桩重大事件居然巧合般地发生在19世纪末的同一个昏暗的下午,自从发现这一点,我就暗自坚信：只要我能看透这两件事是如何产生联系的，只要我能搞清楚这两件事为什么会同时发生，那么，也许我的目光就能穿过他们拍摄的东西，看清我自己的生命建立于怎样的框架之上，我就能明白那些隐藏于表象之下的本质。或许，我还能借此想通自己的人生难题：我尚未从少女时代的创伤中彻底走出来，这样的我，到底该不该做另一个人的母亲呢？或许，我还能从中得到自己一直想要的保证：将来，我不会出错，不会失败。可是，说到底，那个巧合根本没什么大不了的。巴黎市民在街上等着看电影，伦琴穿过了一所空荡荡的大学——其实这两件事只不过是恰好同时发生而已，我却以为有什么了不得的含义。每一个漫长的下午最终都会过去，猫儿开始喵喵叫着讨食；在楼上工作的约翰尼斯坐不住了，走来走去做运动放松，将木地板踩得吱吱作响，一切都预示着天色将晚；而我依然一动不动，电脑屏幕上一遍又一遍播放着《捉金鱼》，小女孩和她父亲的影像仿佛一把钥匙，然而，锁在哪里呢？

威廉·康拉德·伦琴原籍德国。在他三岁的时候，全家一起搬到了荷兰，所以伦琴的童年是在荷兰度过的。小时候，他在学业上并没有什么亮眼的表现。如果一定要说他有什么过人的地方，最多是从小就喜欢机械原理，对于如何把齿轮和杠杆连在一起颇有想象力。日后，当他自己动手搭建实验设备的时候，这份心灵手巧就派上了用场。恐怕正是因为精通事物的构造，他才格外具有洞察力。除此之外，他就是个普普通通的孩子，学习上天资平平，还爱开小差。他对户外活动倒是兴致很高，可身体又不够健壮，所以对大自然的向往也只能是心有余而力不足。十七岁那年,伦琴的一个老师被人画进了讽刺漫画，而伦琴不肯揭发是谁画的，结果他就被乌德勒支的技校开除了学籍，没能拿到进大学必需的毕业证。他只好退而求其次，进入苏黎世理工学院学习机械工程，因为进这所学院只要通过考试就可以，没有那张毕业证也无所谓。不过，哪怕他日后得到奥古斯特·孔特教授的支持和赞助，从苏黎世理工学院升进大学并获得了博士学位，他早年缺失的那张毕业证依然是个大麻烦，害得他直到好几年后才能以自己的名义争取到学术职位，不用再在维尔茨堡和斯特拉斯堡之间辗转充当孔特的助手。经历过如此种种的周折之后，伦琴养成了勤奋务实、绝不耽于幻想的习惯，也具备了恪尽职守、坚定不移的精神。他以同样坚定的态度将生活中方方面面的困难一一克服，不论是婚姻、友情、爱好还是工作，他都能朝着一个目标，不偏不斜、不急不躁、稳步向前，每一步都小心谨慎地踏出，进行一遍又一遍的检验，唯有这样，他才能确信自己所做的一切都是正确的。他依然保持着小时候摆弄机械时的那份细心，而且，在科研工作之外他还培养了摄影和弹钢琴两项业余爱好，于是他买了一架韦尔特·米尼翁钢琴[1]放在客厅里，好为宾客们展示才艺。他依然喜爱户外活动，尤其热衷于滑雪之类的冬季运动。秋天，他喜欢在瑞士的滑雪胜地恩加丁山度假，春天则会去意大利的科莫湖边，妻子伯莎的身体时不时犯点小毛病，他便带上她驾着马车去郊游。1895 年冬天，在伦琴度过五十岁生日之后又过了六个月，生活看似已经上了一条按部就班的轨道，一切都尽如人意，正如他亲手制作的实验装置一样：精工细作，保养妥帖，还细致地上好了油。他在大学里的地位稳如泰山，他拥有一份常人看来相当杰出的事业，他在专业领域内深受尊敬，他的姓名将被人们铭记——哪怕不记在正文里，至少脚注和附录总会将他的贡献一一列举，对他的品德大加称道。然而，他开始在本职工作之余研究 X 射线，只花了短短的几个星期，用三篇论文写尽了他在这个课题上所能发表的全部观点。自那以后，每当伦琴回忆起自己发现 X 射线之前小有名气的滋润日子，竟有怅然若失之感，如今人生天翻地覆，很难说他没有一丝懊悔。

我刚过二十一岁生日不久，母亲就病倒了，并持续了很长时间。尽管事实上我对她的照料越来越负责，但照料她的活变得日渐繁重，可我还是尽量装得若无其事。每天早上，我从自

1 一种限量出售且售价昂贵的高档钢琴。（本书中所有注释均为译者注）

己的住处赶到她家——大学毕业后，我一直住在伦敦大象城堡区交通环岛后面的合租公寓里；母亲则住在一幢建于 20 世纪 60 年代中期的小房子里，房前还横着一条车道。这所房子坐落于城郊，周边地带规划得十分混乱，已经向城市边界之外胡乱扩张了好几英里，一个接一个小镇笼罩在浓郁树荫的穹顶之下。我在这幢小房子里长大，却谈不上对它有什么感情，而且我觉得母亲对它也一样没什么感情。我们之所以决定住在这儿，并非千挑万选的结果，也不是因为我们真心喜欢这房子，仅仅是权宜之计罢了——因为要上班，因为要上学，因为住久了就懒得挪地方，也因为这地方去市中心很方便——当初我们是这么想的，不过其实我们根本不怎么去市中心。要不是因为以上这些理由，我们早就搬走了，哪里还会长期“暂居”于此呢？三年前，我离家去上大学，满心以为终于势不可当地踏上了一条上坡路，沿着它就能远走高飞，终于可以逃离这幢房子了，可是没过多久，母亲生病了，我又被拽了回来。我不得不放弃找工作，每天清晨坐进空荡荡的出城列车，透过划痕累累的车窗玻璃，望着反方向驶过的列车上沉甸甸满载着的乘客——偏偏只有我走的是回头路。我是被迫走上这条回头路的，这太不公平了，所以我满腔怒火。可我也知道，这怒火无从消释，因为我对怒火的起因无能为力。每天清晨，当我逆着西装革履的人潮好不容易挤到检票口，我都会再一次感受到小时候体验过的那种羸弱，再一次感受到命运的不公，更可恨的是，不论我如何抗议这种不公，都是徒劳的。之后，我带母亲去看预约好的医生，陪她挂完几个小时的点滴，把该洗的衣物都洗了，再把两人的餐盘晾在空空如也的厨房里，和她一起度过漫长而沉默的下午。在午饭和下午茶之间的数个小时里，除了焦虑之外，空无一物，只有生命即将走到尽头的乏味和虚无。总算挨到黄昏时分，我又得踏上回程。也有很多次，我被琐事绊住，来不及赶回城里，只能躺在小时候睡过的卧室里，彻夜无眠，听着花园里传来的动静：有狐狸的叫声，也有猫头鹰的叫声……可是，窗外本该传来交通环岛那车来车往的喧嚣。我静默地蜷缩在那里，感到世界正在偏离我曾以为理所应得的光明未来，向另一个方向转去。

她第一次昏倒是因为脑血管破裂，血液迸进了脑部的软组织，怎么也止不住。接下来的几个月里，她越来越乏力，肌肉失去了弹性，关节也都松动了。为了防止最坏的情况发生，她不得不服用某些药物。那些药会让身体浮肿，她比健康的时候几乎胖了一倍，脸也变得肥胖通红。然后，诊断结果出来了，治疗方案也确立了，经过每两星期一次麻烦重重的化疗，她看上去差不多快好了。还记得刚发病的那个星期，她只能脸色惨白地躺在病床上，现在的她比那时好多了，我们如释重负，以为病情终于得到了控制。她只不过看上去有点疲惫,站不太稳。

在她头骨的一侧有道疤痕，同我手掌一样长，粉红色的，很光滑，被新长的毛茸茸的头发包围着。尽管她没有恢复到生病之前的模样，不过总算也没有变成我曾极度恐惧的模样——我曾坐在一堆缠成乱麻的管子和监视器之间，听着点滴的滴答声、仪器的嘟嘟声，想象着手术完成后她将会变成什么样子。最初几个星期，我们都以为还能寻回旧日时光，所以活在一种仿佛偷来的欢欣气氛中，悲伤之情一扫而空，满怀希望与爱意……那时，我们还没有意识到事情的真相：再也回不去了，想要从这场变故中幸运地逃脱，不过是痴心妄想。刚开始，母亲只需要我在家务上搭把手，比如做饭、打扫、去超市采购，陪她去医院，紧挨着她坐在闷热的病室里一起看着窗外，每当医生传达或解说什么坏消息的时候，我就陪她一起听着。然而，随着时间的推移，她的健康状况开始恶化，越来越多的事情她自己完全做不了了。渐渐地，就连在屋里走动、上下台阶、坐进椅子、从椅子上起身，她都需要有人帮忙才行。再后来，她的左臂开始萎缩，我得帮她把餐盘里的食物切好，甚至帮她洗脸。于是，我们的生命被围困在一起，纠缠在一起，挤压在一起。长大成人，本应是我与她相分离的过程，没有什么能阻拦我离她而去。可是，她那么迫切地需要我，我别无他法，只能逆势而为。我们都察觉到了这一点。我帮她冲洗头发里残余的泡沫、帮她穿衣服，尽我所能地抚慰她、保护她，哪怕手头的这些事都必须尽快完成，我还是竭尽所能地保持动作轻柔。然而，上苍原本已为我们分配好了角色，我如今的做法实则残忍地将两个角色颠倒了过来。对这个一直都想保护我、唯恐我受一点伤害的女人来说，这种颠倒，本身就是一种酷刑。我们总是沉默相对。仿佛是为了缓解肢体过度亲密带来的不适，我们有意在情感上保持距离——彼此躲藏，彼此回避。在我们的肢体接触中，所有的爱意都被过滤掉了，只保留实用性和必要性。我们一致默认用务实的做法来代替怜悯之情。我仍然另有自己的住处，这是一道分界线，象征着我与她名义上依旧是各自独立的。直到某天早晨，我赶到她家时，发现她蜷缩着躺在浴室的地上。由于类固醇的副作用，她的手肘和手腕都胀鼓鼓的——通常只有小孩子才有这样胖乎乎的手肘和手腕。自从几个星期前她的大脑控制空间意识的功能渐渐丧失，她就没法再给自己穿衣服了，内裤在她眼里成了一个费解的几何题。而现在，她甚至没法自己从一个房间走到另一个房间，总是站在房门口一脸困惑，转而往莫名其妙的方向走去。尽管她依然认得这所房子，尽管她说这房子看起来与从前没什么不同，尽管她仍然知道厨房在起居室的左边、浴室则要上楼梯走到顶……可是，一旦她想将认知转化为行动，她就被难倒了。她的脑海里仍然保留着这所房子的结构，毕竟我们一直住在这儿，我从小到大都在这儿度过——我们过往的生活依然在每一个房间的角落里发出回响，我们的争吵、我们的愤怒、我们的和解、我们小小的庆祝仪式、我们的日常琐事，依然留存在墙壁与地板的每一处印记中，留存在地毯上隐约的污渍里，留存在书房摇摇欲坠的门把手上——可这一切对她来说，都与她如今身处的这个空间失去了关联。尽管她对这所房子的记忆依然清晰而详尽，但这些记忆已经无法解析。就连她自己的身体都让她感到无比的陌生，肢体的形状与她的认知匹配不起来，以至于她总是搞不清自己身处何方，做任何一个动作都得付出刻意的努力。她不得不先对自己的手脚观察上一番，再费力地驱使它们动弹起来，把它们都当成机械装置来使用；与此同时，在她空空荡荡的脑海里，在那片永恒的寂静中，她幻想中的肢体却依然活动自如。

第二天，我把大象城堡区公寓房间里的东西收拾打包，开始搬家。随身物品都被塞进旅行袋，装不下的就往塑料袋里塞。然后我打车去车站。这一回，我终于和其他人的方向一致了：晚高峰即将来临，而我身处通勤列车的角落，坐在我那堆累赘的行李上面。在卡立芬交会站换乘的时候，我的一个袋子崩开了裂口，乱七八糟的平装书和内衣从袋子里掉了出来，跌进火车和站台之间的空隙里，最后散落在铁轨上。我站在下班回家的人群里，他们都衣着得体，光鲜亮丽，唯有我穿着脏牛仔裤和高帮运动鞋，邋里邋遢。幸存的袋子们无精打采地耷拉在我的腿侧。我眼睁睁看着火车一遍又一遍从我掉落的那些东西上驶过——后来的日子里，如果说我体会不到悲痛究竟有多么深重，如果说我觉得自己根本没资格伤心难受，那么在某种程度上，那都是因为我依然在为这趟最后的回家之旅感到羞愧。我羞愧，是因为我清楚地知道，自己之所以选择回家，并不是出于爱，也不是出于怜悯。我仅仅是不得已而为之。因为那些事非得有人做不可，而除我之外再没有别的人选。

1890 年，也就是伦琴观察到 X 射线效应的五年之前，在宾夕法尼亚大学的物理系，阿瑟·古德斯柏德博士把一张未曝光的底片放在桌上，底片上压了一堆硬币，桌子旁边放了一根克鲁克斯管[1]——伦琴正是靠这件设备获得重大发现的。不久，底片被洗了出来，古德斯柏德发现上面的图像与他预想的完全不一样：它就像一张在窗台上躺了好几个月的书封，上面的油墨被太阳晒褪了色，曾经搁在它上面的东西在它身上留下了清晰的轮廓：一连串斑点状的阴影。他一直保留着这张底片，因为它很稀罕，可以算是未解之谜。五年之后，他读到了伦琴的论文，看到了论文所附的照片，照片显示 X 射线可以照出装在盒子里的砝码，也能照出手掌内部的骨骼。于是，古德斯柏德重新做了一遍自己先前做过的实验，终于发现，正如他曾怀疑过

1 阴极射线管，由英国科学家威廉·克鲁克斯首次制造。

的一样，照片上的图像就是底片曾经暴露在X射线下的结果。而这一回，他得到的图像和从前那张照片既有相像之处，也有不同之处：仿佛皮肤上的雀斑，又像液体泼洒四溅的痕迹。硬币留下的两个圆形虽然清晰但并不完整，边缘向一侧塌陷下去，黑色的阴影晕染开来，变成了灰色。我看着这张照片，心中勾画着古德斯柏德的形象：他站在自己的实验室里，窗外是宾大的花园，一直可以望到斯库基尔河[1]。与伦琴的成功不同，古德斯柏德的实验只印证了自己的失败，但他表现得颇有风度。失败并不是因为他理解力不足，也不是因为他运气不佳，仅仅是因为他欠缺了一种介于这两者之间的东西——赶在合适的时机，注意到该注意的东西。

刚认识约翰尼斯不久，我们在维多利亚和阿尔伯特博物馆[2]共度了一个下午。那天是星期六，我从大理石拱门车站开始步行，穿过海德公园，沿着九曲湖畔来到阿尔伯特纪念亭，一直走到博物馆。那个星期是假阳春的天气，冬日厚厚的帷幕分开了一线，暖乎乎的春光穿过来直接降临到3月初。太阳虽然还挂得低低的，却已经温暖得出乎意料，像足了夏末。

1 横穿美国费城的一条河流。

2 位于英国伦敦，是规模仅次于大英博物馆的英国第二大国立博物馆。

阳光仿佛9月里一般呈现出浓郁的金色，照在光秃秃的树枝上。花圃里唯一的艳色来自随处可见的紫色菟葵花。这样的好天气可以持续到下个周末，之后就会重归阴冷与灰暗，我们将不得不再次裹紧大衣和围巾，再熬一个月阴沉沉的日子，甚至没准儿还不止一个月。但是不管怎么说，至少此时此刻，总让人觉得这风和日丽的天气或许可以持续下去。当时的我非常紧张，因为这次约会是我主动提出来的，可我并不知道结果会怎样。说不定我会觉得很糟糕，说不定约翰尼斯会觉得很糟糕，说不定约会刚满一小时，我，或者他，就不得不支支吾吾地找借口溜走，原本满心期待能发展一段美好的关系，结果却慢慢失望、慢慢泄气，最后以失败告终。在此之前，我们还从来没有单独相处过，只是在偶然的情况下，通过共同的朋友在一起见过面。所以我不禁担心，一旦打破这种平衡，我们的关系没准儿反而会变得尴尬；说不定还会发现我们其实没什么话题可聊。

博物馆有一扇大门正对着克伦威尔花园，我们走进这道门，穿过宽广敞亮的中央大厅，漫无目的地向右手边逛去，又穿过一道拱门，就进入了中世纪画廊。长长的走廊两侧有圣坛屏[1]和壁画，雕花嵌宝，都是些旧时代的遗迹，一眼看去仿佛不可思

1 中世纪教堂中将圣坛和中殿分隔开的雕花屏风。

议，却又平平无奇。因为它们带着一种既寻常又陌生的气息，仿佛是对一个俗套的问题做出了非同一般的回答。我们在一座看上去尤为奇特的祭坛前站了很久，它的产地是 12 世纪末的汉堡，上面展示着丛生的幻象：两片木叶中间是一块完整的嵌板，被划分成四十四小块，每一块都画着《启示录》[1] 中的场面，细致描绘了末日来临的景象。从一幅又一幅画前走过，我们来到世界的尽头：七个封印一一揭开，七个号角一一吹响；大地迸裂了，硫黄如黑色的冰雹般砸落，鲜血汇成河流，河面漂浮着溺毙的马尸；血河在中世纪狭窄的街道上奔流而过，居民们从楼上的窗户中探出身来——这个世界正走向毁灭。我站在约翰尼斯身边，双双静默无言，打破寂静的唯有其他游客的脚步声。我忍不住幻想：假如这幅画此时刚刚完工，某人将它悬于头顶，然后在它下面过日子，又会怎么样呢？恐怕它终将变得暗淡无光，画里描绘的恐怖之事也不会被放在心上吧，日复一日，年复一年，渐渐不会再有人在意它，就因为那些可怕的景象并没有成真。此时此刻，我倒觉得：这幅画来到了这儿，我们也来到了这儿，三者最终能与彼此相遇，这是多么难能可贵的巧合啊；我们都很容易在毫不知情的情况下一不留神就破坏了原本可能发生的未来，转而投向另一种未来；“没能发生的事”

1《圣经 · 新约》中的一卷。

仿佛无边无垠的黑暗，“发生了的事”就从那黑暗之中冉冉升起，当我们回首往事，要怎样才能不只看出曾经的可能性，还能看清“没能发生的事”与“发生了的事”二者之间那一丝丝充满偶然性的分野呢？

之后，我们逛完了博物馆的其余展区。那些雕像、瓷器，在脑海中留下的只有模糊的产地和年代。我们也没聊什么别的内容，只不过眼前看到什么展品就照着念一遍罢了。后来，我们去了咖啡馆，约翰尼斯向我谈起他的家庭，谈起他多姿多彩的幸福童年，谈起那些温馨的日常细节。他父亲是英国人，抛弃了他们母子。但他母亲很看得开，已经原谅了那个男人。她个子高大，住的房子也高大，从那所房子里可以看到哈里奇港[1]的海景。灰色海水的另一头，就是她出生的地方。这些事本身很普通，不过，既然他以一种充满信任的亲密姿态摆到台面上来说，为了礼尚往来，我总得搜肠刮肚找点东西说给他听。而我能想起的只有母亲。她的死仿佛一个放慢了速度的突发事件，是一个触目惊心的瞬间被拉长成了好几个月。这件事发生之后的整个夏天，悲痛像一场暴风把我卷进了无声无息的风眼，我陷入了沉睡，就像一只猫躺在长椅的角落，或者蜷缩在地毯上被阳光照到的一角。我梦见她并没有死，只是去了别的地方没有告诉我而已；

1 位于伦敦东北角。

后来她又回来了，想要强行挤进她离开时留下的空洞里，可她再也挤不回去了。虽然只过了短短的一小段时间，可我已经长大了，我变了——她的小房子已经没了，我把它置换成了公寓房，里面没有她的床，没有多余的杯碟，也没有她的衣物。每次做这种可怕的梦，我都不由自主地狠狠抓挠自己的胸口，醒来便发现那儿布满了半月形的指甲印痕。即使醒了我也动弹不得，得躺上好一会儿才能平复。最终，空荡荡的公寓里死一般的寂静向我重申了事实：已经发生的事无法改变，悲痛已经成了我的所属物，这件所属物的可怕之处和特殊之处就在于：它的所有权不可撤销。

“我妈妈死了。”

我对约翰尼斯说。这句话造成了一段空寂。空寂中，我向他伸出双手。

到了最后那段日子，我始终陪在她身边。可是即便如此，照顾她还是让我力不从心。一天早晨，她推着一个助行架从床上艰难地向洗澡间挪去，结果绊了一下，重重摔倒在地毯上。她虽然没有受伤，但也没有力气再站起来了。我花费了很长时间，用尽各种办法扶她、拉她，还搬了各种家具来充当借力的道具，可还是没法帮她从地上起身。我只好叫了救护车。但她不是救护车优先帮助的危重对象，所以我们在卧室的地毯上肩并肩坐了好几个小时，等待救护车到来。中午我做了三明治，我们把三明治放在膝盖上吃着，就像在我小时候，要是星期六下起了雨，她会给我做的那种室内野餐。这一小段脆弱的回忆唤起了我们之间的牵绊，曾经共有的那份亲密又苏醒了，所以，有那么一小会儿，我们好像感到一丝喜悦。

最后，救护车终于来了，两位医护人员设法帮她站了起来，还说可以送她去医院，我们拒绝了，他们也没再强求，大概觉得我们拒绝得合情合理。不过，第二天，社区护士来了，说在临终关怀中心为我母亲空出了一张床。于是我替母亲收拾了一些东西，包括装换洗衣物的背包、她的手机和充电器，还有一本她已经假装读了好几周的书——她自尊心太强，不肯告诉我她的视力正在衰退。就这点东西而已。毕竟，这所房子里，还有什么东西是她能用得上的呢？临终关怀中心派了一辆救护车来接我们，我们试图给这段旅程增添一点儿愉快的气氛，嘴里含着硬糖，免得在这个没有窗户的车厢里因为颠簸而晕车，我们甚至还跟驾驶员开玩笑。可是那颗糖味同嚼蜡，笑话也并不好笑，像是破钟发出沉闷的哐啷声。一到达目的地我们就被带到了一间小小的单人病室，我把母亲的东西从包里拿出来安顿好，把特意带来的收音机插上电，然后去看了餐厅在哪里，顺便买回来几块不太新鲜的糕点。我还发现，大楼底层除了会诊室、艺术治疗室和按摩室之外，还有一个带围墙的花园，景致美得惊人，里头有好几条小径，花圃里的花儿开得快要满溢出来，拱门上垂挂着素馨花，还有一片阳光明媚的草地。于是我说:“咱们可以要一辆轮椅来，我就能推你去外面坐坐。他们这儿有个池塘……”

她拒绝了。就是这样。在她即将封闭的心灵的某个角落里，已经做出了一个决定：她不打算再勉强自己了，她也不打算再回避自己即将死去的事实，她宁愿承认自己已经没有办法再坚持下去。她本可以再慷慨一点，那么日后我就可以追想此刻如何与她并肩坐着欣赏阳光洒落在水面上，我就可以将那个场景作为我们之间最后的回忆。可是现在，她什么也没有留给我，就连那点回忆也没有。我们之间仅剩的就是这间病室了：脏兮兮的奶油色墙漆，朝着马路的窗户，霉臭味和消毒水味在房间里弥漫。她在床上躺了两个星期，身体蜷缩成一团。每天早上，我又踏上新的旅程：搭公交车早早赶到关怀中心，坐在她床边的可调式紫红色躺椅上——她不肯坐这把躺椅，连试都不肯试一下；我给她带水果来，葡萄、芒果、西瓜，但她一样都不会吃；我念书给她听，等她睡着我再离开。护士和救护车司机总是在忙里偷闲地喝茶，我去找他们，告诉他们我想带母亲回家，他们每一次都回绝我，让我的眼泪夺眶而出。我之所以会这样，并不是因为她已经到了垂危之际，也不是因为我被即将与她天人永隔这件事吓傻了，而是因为我真的希望这一切早点结束。因为我已经筋疲力尽，无能为力了，我只能坐着，眼睁睁看着。即便只是这样，我都已经受不了了。

我原本以为她的死将是一个巨变，一个清晰明了的瞬间，在那之后，一切都会变得不一样，一切都将天翻地覆。结果，事情真正发生的时候，与我想的完全不一样：最后那几个星期，母亲的身体机能缓慢地、逐渐地下降，她的思维，她的话语，她的呼吸，每一样之间的间隔都在一点一点地拉长，以至于到了最后，我已经不再期待她能说出下一个词，呼出下一口气。事情发生在半夜。当时我已经好多天不回自己的住处了，护士给了我一条毯子，我在母亲床边那张椅子上时不时地打个盹，每次醒过来就看看她的眼睛是睁着还是闭着，确认她的胸口还有没有起伏。我什么也不想，我们都很平静。自她生病以来，头一回，我没有暗中许愿自己身在别处。我没有什么可做的，没有什么可说的，也没有什么可感觉的，我就只是坐在那里，看着窗外，要不就睡觉。最后一晚，我甚至没有睡觉，只是握着母亲的手，把头靠在她肚子上，就像我小时候生病或者撒娇的时候一样。后来，当我确定了，我按下她床头的呼叫铃，来了一个护士，一切都还和从前一样，只是我的母亲走了。

伦琴在 1895 年末开始着手这项工作。一年来他一直打算做这个实验，可是不得不拖到冬天。只有到了冬天，时间的步调终于放缓，学生、技术员、教授纷纷回了家，伦琴才有空闲来满足一下自己的好奇心。他喜欢重做别人已经做过的实验，倒不是为了核实别人的结果是否正确，而是因为他认为唯有仔细复原实验的过程，放慢速度、不断重复实验，亲眼见证整个实验的过程，才能对实验本身产生非同一般的理解：一种顿悟般的启示，重新构筑起对事实的看法。唯有如此，才能切实地感知什么是真理。做这样的实验对伦琴来说相当于休假，他可以将自己学术方向的局限性丢到一边，开开心心地鼓捣，工作与爱好的界限也不再分明了。那个冬天，他独自待在实验室里，开始重复对克鲁克斯的研究，这种研究先前已经有两个人做过，一个是海因里希・赫茨，刚刚在上一年的元旦去世，享年三十六岁，证明了电磁辐射的存在，还留下两个幼小的孩子；另一个是菲利普・莱纳德，他对克鲁克斯管进行了改造，增加了一个小小的、覆盖着铝的窗口，既保持管道内的压力，又让射线可以逃逸出去，经过这番刻意的鼓捣，射线的特质慢慢得到了揭示。伦琴已经忙了一个星期，到了 11 月 8 日那天，他忽然发现，在这个已经彻底排除一切光源的房间里，有东西在发光。他走向那个发出微弱光线的地方，在工作台上发现了一张用亚铂氰化钡处理过的纸。亚铂氰化钡这种物质已经被证实在受到辐射时会发出荧光。

后来，伦琴一直对自己那几个星期里所做的工作保持缄默。

除了描述如何发现 X 射线的那篇论文以外，他只接受过一次采访。那是在伦琴发表完《关于一种新的射线》之后、重新投入他毕生致力的那些不起眼的研究中去之前，有个美国记者碰巧路过维尔茨堡，顺便采访了伦琴。这场采访是用三种语言进行的，德语、法语（那位记者对这两种语言半懂不懂），还有英语（伦琴只在某些会议场合和谈及设备规格的时候才说英语，英语对他来说相当于一种技术方面的专业用语，只够他用来解释一些基本事件，比如：他观察到了亮光，他向发光处走去）。所以，采访者和被采访者如同鸡同鸭讲，彼此并不清楚对方的意图。对伦琴所做的工作内容、具体步骤、当前进展，记者并不在意，反而一直兴致勃勃地引着伦琴回答个人感受。伦琴似乎对记者的这种兴致感到很困惑。记者问："当您看到实验室中的那道微光的时候，您想到了什么？"对此，伦琴的回答是："什么都没想，我是研究……"

但我仍然无法相信事实就那么简单，简单到不受任何额外意义的影响。真相往往是记忆力与想象力共同作用的结果，个人感受也可以为之加油添醋。所以，我宁愿把当时的情形想象成这样：伦琴走了几步，忽然在那张发光的纸跟前停下，如同在圣骨匣[1]前止步，紧接着，思维突然高速运转起来，一切豁

1 存放圣人遗骨或遗物的盒子。

然开朗，世界被重新构建。有些东西，我们对它无能为力，只能隐约感觉到它的存在：毫无疑问，那就是一种直觉，穿透迷雾，将物体上最细微的绒毛照得一清二楚，得出通俗易懂的答案。要是我们能彻底理解伦琴发现新型射线的那个瞬间，彻底理解他在接下来的那几个星期里是怎样独自把一件又一件东西放到设备前面并且亲眼看着它们以另一种面目出现，那么，或许我们就能明白该怎样让原本隐藏的东西无处遁形了：我们是由什么构成的？世界是由什么构成的？还有，隔在我们与世界之间的虚空，究竟是由什么构成的？

伦琴指出，他之所以会观察到那种效应，只可能是由于光线依然存在。但他明明已经屏蔽了所有的光，所有门窗都被厚厚的窗帘罩住了，实验室里伸手不见五指。他把那张纸一点一点地移到离克鲁克斯管越来越远的地方，然后拿起近在手边的东西，隔在克鲁克斯管和那张纸之间，以便了解射程和穿透力。他说，没过几分钟，他就清楚地意识到光的来源只能是克鲁克斯管。首先，不可能是外面漏进来的光，因为遮光做得很好；其次，也不可能是克鲁克斯本身，因为克鲁克斯的射程太短，穿透力也太有限，连一张硬纸板都穿不过，更不用说穿过整个房间了——简而言之，他看到的，只可能是一种新型射线在起作用。在接下来的七个半星期里，伦琴将继续研究，试图探索这种新型射线的极限。因为人类还不曾知晓它的特性，所以他将其命名为 X 射线。

后来，即使在伦琴的支持者中也始终有一种不安的情绪，因为伦琴的发现未免太轻而易举了，就像一份意外的礼物从天而降。也许只能说，这门知识本来就不是什么深藏的奥秘，相反，它一直在等待着被谁发现。伦琴甚至都不是第一个发现者——除了阿瑟·古德斯柏德，还有菲利普·莱纳德，后者在同一年更早的时候就已经做过了后来伦琴做的那个实验，而且他也观察到了同样的荧光，只是没能认识到它的重要性，没能想到这种微弱的光芒意味着某种未知的存在。莱纳德和古德斯柏德一样，曾经离它只有寸步之遥，却还是与它失之交臂。对此，古德斯柏德表现出了优雅的风度，莱纳德却在余生中一直对伦琴耿耿于怀。他把自己的疏漏归咎于运气不好，他认为，只不过是由于阴错阳差，自己才没有对观察所得作出进一步的探索，也没有留下文字证明。所以，凭什么伦琴就成功了呢？上述这几人之中的任何一位都曾经装好电极和克鲁克斯管，通上电，看看会发现什么。换句话说，在那年冬天或者次年早春，就算没有伦琴，也完全可能由另外的某人获得重大发现。按照这样的推想，伦琴确实只不过是碰巧撞了大运。可我们不能如此轻易地作出这种假设。当然，面对已经确凿发生了的事实，我们也还是可以幻想一下其他的可能；这种幻想并不有损事实的价值，并不否认事实的伟大，也不影响事实的坚不可摧。更何况，令我着迷的并不是威廉·伦琴的发现本身，令我着迷的是他独自工作的那些日日夜夜，是让他解开谜题的那份有条不紊和持之以恒，是他不仅有眼光，还有相应的学识和理解能力——伦琴的发现是个偶然，并不足以让我们如此好奇，我们好奇的其实是他如何产生那一瞬间的顿悟。眼下的答案无法令我们满意。“启示”这个词的定义本身就已经决定了它只能是孤立产生的，既不能交流，也不能传达。如果我们刻意去追求所谓的“启示”，结果只会不寒而栗地发现：自己完全被它排斥在外。

几个月来，我受事态所迫，不得不过着这样的日子。我像一个被困在外骨骼里的生物，本身稀软如泥，却被硬邦邦的外物束缚着。我恨透了这副外骨骼，它根本不属于我。我失去了对生活的掌控权，只能每天抱着侥幸过日子，跟寄希望于彩票、老虎机、好天气没什么两样——直到母亲死后的次日早晨，我一觉醒来，发现房间是那么空，那么空，空得如同那具遗体躺在灯光昏暗的临终关怀中心里。几个月来，这是我第一次想睡多久就睡多久。对于这个重置了的世界，我的初体验竟然是一种终于睡饱了的轻松感，可我厌恶这样的想法。我躺在床上，但愿有什么人急着找我、打电话来催我起床。可是并没有任何人找我，我只好困守在原地，躺着、等着，看着四周的阴影在这间老旧房间的墙上缓慢地移动。前一夜，我第一次意识到自己忽然成了多余的人。在我按过铃之后，来了一个护士，她轻手轻脚地绕着母亲的床走动，检查了一遍又一遍，有条有理地做她该做的事。我不知所措地站在一边看着她。我在这个小世界里已经待了好几个月，而现在，我被驱逐出来了，没有人再需要我照顾，我作为看护人的角色被剥夺了。过了几分钟，我开始收拾过去几个星期散落在屋里各处的东西，围巾、帽子、我正在读的那本书、丢在门口桌子上的家门钥匙……仿佛只是在酒店里过了一夜，现在开始收拾东西，把我留下的痕迹抹掉，让它恢复成我刚到时的状态，好迎接它的下一任住客。

最终，护士的例行任务都完成了，她把注意力转向我:“跟我来，亲爱的。”

这句亲昵的话差点让我哭出来，因为她默认我还不算是个真正的大人呢，她知道这一切都超出了我的承受范围。可我并没有哭，我整个人变得木然，双眼干涩，流不出一滴眼泪。在之后近一年的时间里，“木然”二字充塞在我的每一寸皮肤之下，胀得我快要爆裂开来，此刻的无泪只不过是“木然”的第一个迹象。她把我带到另一个房间，那儿光线柔和，墙上挂着海景画，房里还有几张小桌，每张桌子之间隔开一段距离，桌上摆着植物，亮光光的叶片下面藏着许多纸巾盒。我猜，这个安静的小房间就是专门用来让刚刚失去至亲的人可以有个地方待着，好让那些必要的常规程序得以执行。这房间里的一切设计都以不扎眼为目的。外头，护士鞋在走廊的地毯上发出单调重复的声响——那是一种轻柔的、低不可闻的沙沙声，不知怎的，此刻它比任何声音都更引人注意。我等待着。我不想回到那间放置母亲遗体的房间，因为我没有什么可说的，也没有什么想记住的，我记忆的绝大部分已经被她垂死的面容和她冰冷的双手占据，再也容不下别的了。但是，当护士走进来，领我回到那间无论是母亲还是我都无法再待下去的房间时，我连拒绝的力气都没有，只能跟着她回到了母亲的遗体旁边。

这时灯光已经调暗了。不知是谁出于善意——可这种善意就像怜悯一样扎人——从床边的花瓶里取了一朵黄色的凝视星空百合[1]，让母亲握在手里，还把她身下的床单抚平了。本来床单是皱巴巴的，她看上去像是睡着了一样，而现在，毫无疑问她已经死了。好像有人特意将她打扮过了，可是看到她这个样子，我并没有好受一点。那些日日夜夜的忧虑，未经修饰的悲伤，没能说出口的话语，还有前夜从她衰竭的肺部一次又一次冒出来灌了满嘴的白沫，还有她缓慢的永别，把我一个人丢下——这一切，并不会因为工作人员的善意就变得更好接受。当然，

1 百合花的一个品种名。

他们的善意到底还是有点意义的，它能将眼下这场特定的死亡转化为一套标准的模式。合拢的双手、鲜花、床单，都是约定俗成的规范，它们是如此一目了然，可以指引我该怎么做——就像海上的浮标一样，哪怕我自己的地图不准，浮标还是可以指引我远离危险的洋流，按部就班地进入航道，顺利抵达目的地。仪式化的行为让一切都变成例行公事，推着我向前走，帮我与冰冷的现实隔开一段小小的距离。第二天早晨，也正是所谓的“仪式”拯救了我：为了发讣告，我不得不起床。“仪式”还帮我熬过了接下来的日子，因为丧事的一系列手续还等着我去办，让我没空胡思乱想——得安排葬礼，得读完所有的吊唁卡，得一一回复，得接待来宾，得给他们排座位……等到我把所有该做的事都做完之后，外面的世界慢慢恢复了常态。在母亲的房子外面，各种人与事又如常运行起来，我能听到它们的响动，但却找不到我的位置，我已经回不到过往的生活中去，那里没有现成的位置能让我容身；我是整个世界的局外人，我漫无目的，失魂落魄，仿佛行尸走肉。曾经占用我所有时间的任务——买东西、做饭、打扫卫生、洗洗涮涮，现在几分钟就做完了，剩下的大把时间每一分每一秒都在折磨着我。就连房子都不认我。母亲的东西都还留在老地方，她的鞋还脱在门厅，她的围巾还系在栏杆扶手上，抽屉里还有她放的备用眼镜、她没来得及用的邮票，所有这些东西都在追悼她，而我是这场追悼会上不受欢迎的来宾。我花了一个下午想把电费给付了，但没能付成，账户上还是母亲的名字，电力公司没人理睬我。我冷得要命，狂风扯着房门，树都被风剥秃了，我想给暖气管放气，结果弄得卧室地板上一地臭水。我不知道该怎么给洗碗机更换盐块[1],也不知道该怎么重启热水器。门廊灯的灯泡炸了一个，灯罩需要钥匙才能打开，而我找不到那把钥匙在哪儿，于是前门笼罩在一片黑暗中，都怪我。所有这一切都怪我。我的各种小小的失败日渐累积在每个房间的每个角落,所有这些事，该怎么做，东西放在哪儿，母亲从来没想过要告诉我，我也从来没有机会问这些问题，而现在，再也不会有机会问了，我成了误闯这地方的外人，就连我的双脚在地毯上踩出的凹痕都不受欢迎。

悲痛，就出现在这些突然填补不上的裂隙里。这些极为琐碎的日常小事，多年来始终没有经过我的手，何况在生离死别的大事面前，我们受尽煎熬，根本顾不上交接，结果如今连日常生活都难以为继了。在滴水成冰的几个月里，我独自待在那所已经被原主人遗弃的房子里。我曾经觉得那段时间我算不上有多么悲痛，因为我当时还以为悲痛该是另一种模样——更沉重，也更肤浅，也许像丰碑，也许像山峦，简单明了，收放自

1 洗碗机需要加洗碗盐软化水质才能正常使用。

如。我唯独没想到的是，伤心原来是潜移默化的，是全方位渗透的，它能破坏所有事情的正常进行。我原以为，失去亲人会是一桩戏剧化的事，像一场历练；而实际上，失去亲人是空空如也：一切都还像以前一样，可是一切都不再运作如常。

整个冬天我都待在这儿，待在母亲的房子里。尽管我一点也不想再回这个地方，但我实在没有别的地方可去。我把自己的行动范围收束得窄无可窄，只在卧室和厨房之间活动，让房子的其他地方全都空着。那些空关着的房间呈现出一种无序的寂静，仿佛又在怪我。我干脆不去打搅那种寂静。最后的最后，在花园边界处的泥沼里，番红花又开了，这所房子被卖出去了。接着，怎么处理母亲留下的遗物就成了摆在我面前的问题。我觉得，不管怎么说，我都有义务把它们保存起来，成为它们的监管人。然而，一想到要把已经消逝的生命的碎片收藏起来，然后永远把它们拖在我身后，就像拖着一条枯干的树枝，而我自己就充当一条沟渠，专门用来容纳回忆，我就不寒而栗。所以，最终，我把凡是能送人的都送了人，还雇了一辆垃圾车来处理剩下的东西。复活节的周末，寂静更胜往常，停在车道上的垃圾车张开了黄色的大嘴。书、照片、信件、家什零碎以及装着小摆设、首饰和衣服的箱子，我统统往垃圾车里投喂——从星期五到星期一，能把人浇透的大雨下得没完没了，我捧着这些东西，穿过雨幕走向垃圾车。幸好有那场持续不断的暴雨，我根本顾不上胡思乱想。我并不悲伤，相反，我竟有一种高涨的喜悦之情，仿佛每一捧东西都在减轻我的负担。有时候，东西多得我快要捧不住了，它们险些全跌出去滚一地，就像一阵控制不住的笑声，与雨声融为一体，除了这种喜悦之外，再没有别的情绪。整整四个夜晚，垃圾车停在屋外，直到星期二凌晨卡车过来把它拖走。整整四个夜晚，我都没法把窗帘拉上，于是我就坐在那儿，任黑暗漫进屋里，我保持一种守夜的姿态。直到最后房子空了，我也空了。

在我一直想鼓起勇气生个孩子的那年，有一回我们在餐馆里吃饭，约翰尼斯想找个别的话题谈谈，省得我们去谈那个彼此都想回避但其实避无可避的话题。所以他开口说："你怎么从来不谈你妈妈？"

我呆住了。因为她的死是我生命中的一桩具有决定性的重大事件，在我看来，我简直无时无刻不在谈这件事，无论我嘴里在说什么，这件事一直都在我的所有言语深处隐隐作响。可是，尽管如此，当我坐在这张磨砂木质餐桌前，望着面前的海鲷和牛排，试图把她与众不同的地方一一列举出来，我却发现自己能说的只有她的长相，还说得干巴巴的。甚至连这点外貌特征都不是我直接从回忆中截取出来的，而是从照片里照搬来的——某一天，母亲的黑白证件照从伊丽莎白·毕晓普[1]书信集的影印本里掉出来，照片里，母亲穿着一件方领的棉质连衣裙，没有笑容，表情严肃；我还看过另一张她在海滩上拍的照片，她的短发掠在耳后，正弯腰去看沙子下面埋的东西。照片上静滞的面目与真人之间的距离，就像某个几何图形与其代数描述之间的距离一样遥不可及——它们并不能传达出关于她的任何信息，可我能说的也只有这些而已。然而，我并没有忘记她，我依然能清晰地回忆起小时候握着她的手的那份安心感；我也记得自己第一次一个人被送到外婆家过暑假，每天早上醒来都因为母亲不在而大哭一场，我整天闷闷不乐，只等她来接我；我还能记起每次家里的电话铃一响，我都笃定她马上会拿起听筒；我还能记得她每次看书的时候，总是微微侧着头——可是所有这些事都没法说给别人听。她留给我的记忆，就像我对距离或温度的记忆一样，无形无迹，看不见也听不见，触不到也尝不到。无论我多么费尽心思地描述那些记忆，也只不过是瞎折腾，就像妄图用文字来描述音乐一样，根本传达不了它的声音或实质。所以，当我身在那间小餐馆、坐在约翰尼斯的对面、想要讲点什么给他听的时候，浮现在我脑海中的只有那辆垃圾车，只有它投射在起居室窗户上的影子，只有斜斜打在车身上的雨水。母亲的死，精准地发生在我从少女到成人

1 伊丽莎白·毕晓普（1911—1979），美国女诗人。

的转折点上，将我的生命斩成两段。青春期的末尾骤然消失，形成了一片空白，我的成人期正是为了填补空白而生的，它不仅仅是青春期顺理成章的延续，更是青春期及其空白的痛苦产物——所以，我很难一边回想她、谈论她，一边却又不承认我并不希望她没死。因为要是没有她的死，我就得不到解脱。我这样想着，但并没有说出口。

吃完以后，约翰尼斯和我沿着堤岸站[1]走了一会儿，经过黑衣修士桥，往圣保罗大教堂走去。被泛光灯照亮的大教堂与这座城市的玻璃金属高楼相映生辉，就像始终坚守的诺言和恒常不变的事物一般让人感到安心。我们肩并肩地走着，我的手插在约翰尼斯的臂弯里，他的粗花呢大衣像往常一样轻擦着我的皮肤，这一切深深抚慰着我。我们的脚步声充满节奏，无须再靠对话来打破沉默；我的思绪本来像仓鼠笼子里的转轮一样转个不停，现在终于开始平静下来，我几乎已经做出了决定；可是，就在我们停下脚步的那一瞬间，我知道一切又得重新来过了。我们已经习惯了像这样在外面消磨夜晚的时间，我们去餐馆、酒吧，要么就去音乐会，勉强聊一些让我们都感兴趣的话题，假装能从中取乐，其实仅仅是为了不去聊“那件事”。整座城市，以及城市里所有的人，都只有同一个作用——分散一

1 伦敦的一个地铁站名。

下我们的注意力，让我们可以暂时不用想自己；也不用去想我们之间的距离，那距离近得仿佛只隔一层纱，却又远得如隔云端；也不用去想在“那件事”得到解决之前，我们没法对其他任何事做出决定；也不用去想我们目前生活的方方面面全是临时凑合，一切都怪我优柔寡断；也不用去想我是如何因为亲密关系而恐慌不已。通常，在那之后，我们会选择不坐地铁，步行回家，这样就可以把整个夜晚都消磨在外面，不必早早回到家中大眼瞪小眼。走路的时候我们就不用没话找话了，可以很自在地享受沉默。其实整个晚上我最喜欢的就是这一刻,简单、宁静、和睦，仿佛回到了受生育问题困扰之前的时光。那时候，正因为这个问题并没有迫在眉睫，我才会很有把握地觉得“约翰尼斯和我会有孩子的，只不过要再等等”。在我们踏上通向伦敦大桥宽阔侧翼的台阶之前，我转过头看着他。我爱他，或者说，我自以为爱他。可我并不清楚，除了分摊支出、分享爱好、将彼此的生活交织、将彼此的节奏同步以外，爱还意味着什么呢？我们开始上坡，我望着影子落在他脸颊上的样子，他皱起抬头纹的样子，他沉重的眼皮耷拉下来的样子……这一切对我来说熟悉得就像我自己的皮肤。但他的思想却在别处，那是一个我无法进入的地方。要是约翰尼斯不在了，我能记住他什么呢？我得列举出什么细节，才能传达出此时此刻和他并肩走着的心情呢？他的陪伴带给我一种简单而平静的感觉，像是一剂疗伤的药膏，像是我们脚下坚实的人行道。此时吞噬我们的东西只是暂时的，它终将迎刃而解，我们肯定能在它的余波中幸存下来——有那么一瞬间，尽管他大衣的褶皱正夹在我的指缝之间，我却觉得他遥不可及，不仅触碰不到，而且还很陌生，因为他的存在就是一个绝佳的例证：没有任何其他东西可以指代他的样子，唯有他本人的存在才可以。于是我靠得离他更近，我把他握得更紧，仿佛只要这样，我就能够越过那道将我们分隔的鸿沟，越过主体和客体之间深不可测的裂口；仿佛只要这样，我就能抓住他所有的，抓住我所没有的，保证一切平安无虞。

母亲的房子卖出去以后，我搬到了伦敦东区的一间公寓里，它地处哈克尼区最令人生厌的地段，挨着运河。公寓位于一幢混凝土大楼的二楼，大楼丑得出奇，这恰恰是我选择它的原因之一，因为我不想让自己觉得从母亲的死中获得了好处，不想让自己觉得正是她的离去让我能住得舒服自在，由此产生的哪怕一点点幸福感我都不想要。这个公寓房间四四方方的，天花板很低，厨房和浴室的地面都一样铺着油毡，油毡是烟碱黄色的，已经斑驳剥落。邻居们的一举一动——他们的谈话内容，他们看的电视节目，他们饭菜的气味，都会透过薄薄的墙壁传过来。潮气很重。家具不过是一堆根本不成套的桌椅，一点儿也不舒适。几个星期过去了，我依然有一种挥之不去的感觉：即使我本人已经住在这儿，可这公寓依然是无主的。我只能等待，也许等到某一天，会有什么事件发生，标志着我从此可以安心地住在这里。日子一天天过去。我仿佛与世隔绝,迷失在旧的结局与新的开场之间。我的生活碎了一地，而我无能为力。母亲生病之前我也有过常常来往的朋友，但我没法再联系他们了，因为要跟他们联系我就不得不向他们解释一遍发生了什么事，那回忆太沉重了，我连想都不愿意去想。我非常孤独，可我当时甚至意识不到这一点，只除了某几个特定的时刻——当我梦中有人陪伴，醒来却只剩自己，或是当我隔墙听见隔壁公寓里传来的笑声，只有在这样的时刻，孤独才会刺痛我，我才会忽然感到深深的压抑。我自己放逐了自己，我平庸无奇的心灵世界居然成了完全陌生的地带，连我本人都没法畅行无阻。我没法集中注意力。对食物也罢，对其他任何东西也罢,我都失去了兴趣。我浑身乏力。不管睡了多久，我依然觉得没睡够，我的四肢沉重无比，我的眼皮无法抬起——多年后，只有在怀孕的头几个月里，我才又一次体会到那种被完全耗尽、无可救药的疲惫感。我无事可做，没有工作，也没有爱好，可我觉得，要是真的什么都不做的话，就等于是在召唤那个名叫失败的幽灵，它不可捉摸、徘徊不去，始终在我身边作祟。所以，每天早晨9点半，车票一跌到谷价[1]，我就乘车去伦敦市中心，然后沿着尤斯顿路走到韦尔科姆收藏馆[2]的图书馆。到了那儿，我先把包寄存，在图书馆入口的闸机上扫一下读者证，然后到后面的一个小房间去，那里有一扇窗户，我把它打开几英寸，让带着浓重汽车尾气味儿的夏日微风吹进来。随后我就开始虚度时光了。我先往桌上放一大把没了笔帽的笔，还有随身携带的折了角的笔记本，外加叠好的外衣，最后把手机调成静音，放在衣服上。安顿好这些东西，我就在图书馆里闲逛，找点东西来读，手指在书架上摸索来摸索去，寻觅能让我感兴趣的书名。我读书并没有什么特定的目标，也不是真的想记住书里的内容。我读书只不过是出于一种习惯，因为读书能给我以抚慰。又或许是因为，我从小就被灌输了一种信念：书本有解释一切的力量。因此，我半信半疑地想，在卷帙浩繁的藏书之中，我或许能找到答案，能明白自己的痛苦为什么与日俱增，也能剥开自己蒙昧主义的表象，最终暴露出下面坚实的架构。

在图书馆里，整个上午我都坐在书桌前，翻阅着目录和索引、附录、图片说明、章节标题，随意循着某条线索看下去，直到自己走神为止。就算没走神，到午饭时间我也会放下书，

1 票价分为峰价和谷价，在早晚高峰之外的时间段乘坐，可以享受较低廉的谷价。

2 一所医药科学博物馆，建于 2007 年，提供大量解剖图稿及科学文献。

到图书馆附属的小餐馆里买一块乳蛋饼或者果子馅饼，再要一份沙拉。到了下午，我往往连样子都懒得装了，只把一本书摊开放在面前，窗外吹进的微风将书页翻得沙沙响，而我仿佛漂浮在午后的一潭又咸又涩的死水中，外面马路上传来一成不变的车声，听得我昏昏欲睡。我每天都要待到图书馆关门，助理馆员推着手推车走过来，收取当天被读者抽出来散放在各处的书，远处走廊里响起吸尘器的声音；磨蹭到最后一刻，我不得不拖着步子离开图书馆，到街上去打发时间——虽然，那年夏天，书页翻动的声音似乎一直在磋磨我，简直要把我整个人磋磨殆尽，可是现在，当我再次回想起那个漫长的夏天，却意识到那时我仿佛一直与外界隔着一层薄如蝉翼的茧壳。我一度被打击得了无生趣，现在我试图从书海中寻找一种类比的办法来理解我自己，要是我能找到一种在其他生命身上适用的规则，那么这种规则说不定也可以套用在我自己身上，用以阐释我自己；一旦我的生命得到了阐释，我也就自然得到了动力，得到了方向。那一年的时光里，我不知不觉中学到了不少东西，它们在我脑海里反复浮现：医学课本上的图片，被解剖的尸体，对尸体的描述，病历，陈列柜，以及那么多种能看穿我们内在的方法……我仍然觉得，只要我能真正理解它们，它们就会成为一把钥匙。

每天晚上图书馆关门以后，我就走路回家。我得走上一个钟头的夜路，走得从容不迫，脑子里什么也不想。街上，酒吧外面全是成群结队的酒鬼，我从他们之间穿过，也从报刊亭和水果摊之间穿过，沿着国王十字街车站北侧破败的乔治亚风格[1]的街道继续向北走，来到伊斯灵顿花园广场的上流社区，然后走到纤道[2]上，沿着运河走到哈克尼区。在我的身侧，三英尺六英寸深的河水缓慢地流淌，里头浸泡着购物袋和自行车轮胎，棕色的小鱼在其间穿梭；而另一侧，除了杂乱的植被，还有一簇簇猫薄荷夹杂着醋栗草、薰衣草夹杂着蒲公英，有意无意间形成了一种奇特的组合，维多利亚时代坚实而潮湿的砖墙矗立在凹陷的河床上，将运河与城市隔绝开来。下面有水和树荫，比上面凉快，因为上面的城市已经足足吸了一整天的热量，现在正把热量尽数释放出来，人行道在暮色中闪烁着微光。狭窄的过道带着这座熟悉的城市中残存的旧时代气息，置身其间，我的呼吸终于顺畅了。从哈根斯顿站通往伦敦场站的一路上，纤道上方闪耀的霓虹原本分为两种，有的优雅，有的粗鄙，后来它们的风格渐渐统一，都一样脏兮兮的。漆黑的夜色像墨水一样，在傍晚的空气中洇染开来，我丢了魂儿般的症状终于暂时得到了缓解。从那一刻开始，直到我踏上通

1 英国工业革命期间的一种建筑风格。

2 旧时河流沿岸马拉驳船所走的路。

往公寓大楼的台阶之前，整整一刻钟时间里，我会感觉周围的一切并不存在。在那短短一程中，我能感觉到的只有我自己：无依无靠，年纪轻轻，一无所有。

在约翰尼斯的建议下，我住进海伊镇[1]附近山谷里的一间石墙小屋，独自度过了一周时间。他说，这样做也许有助于我思考。他不在我身边，也许我就不会有那么大的压力，也许我就能厘清自己的想法。我独处的时候可以集中注意力，没准儿就能作出决定了。他吻了我的面颊，说："无论你做什么决定都行。"

我尽量不去想这句话后面的潜台词：他就是希望我能做出决定，不论如何都得做出决定，因为他已经忍受不了我的迟疑不决了。其实，约翰尼斯还不至于那么无情。深感压力的只有我——我仿佛被一把夹钳死死地夹住，喘不过气来，但那把夹钳完全是我自己幻想出来的。有一回，我在咖啡馆里看见一个女人俯身从婴儿车里抱起宝宝，顿时，我自己的臂弯里仿佛也感受到了那份重量，可我明明什么也没有抱到，却重如千钧。我真的好渴望能有个孩子，渴望得不能自已，可我依然觉得，哪怕只是这样一份简简单单的爱，我也负担不起。我先坐火车去赫里福德，然后换乘公共汽车到海伊镇，最后开始步行。我的

1 英国威尔士的一个古老小镇。

背包里沉甸甸地装满了吃的，再往威尔士走几英里，就到了小屋所在的地方。从小屋的窗户里往下望，可以俯瞰山谷，那儿地势起伏,看起来好像长长的褶皱。小屋附带一个小小的花园，里面有一条长凳，一块巴掌大的草坪，一棵苹果树，小屋里有一间单人卧室，天花板是斜的，还有一张小铁床。到达小屋后，我先给烤架上面的吐司涂上芝士,又给自己倒了一杯酒。我想，这地方一览无余，真是简单得不能再简单了，在这儿，我肯定有办法让自己正常思考。然而，脱离上下文进行单纯的思考几乎是不可能的。半醉半醒之间，我只能尽量集中注意力，坐在厨房的桌旁，把能想到的利弊一一列成清单。可是这种努力实在有些滑稽，我一面写一面感到深深的羞耻。所以我干脆不写什么清单了，我接着喝酒，喝了不少。床边有一个书架，上面放满侦探小说，我随机抽书出来读，一本接一本读下去。我好想约翰尼斯，想得快要发疯了。在家里的时候，我常常觉得自己对他的爱是虚无缥缈、难以把握的，它只会偶然闪现一下子，我得费力地从充斥在生活中的寻常事物中找出它来，它可能存在于脏盘子里，存在于付给擦窗工人的零钱里，存在于登门拜访他母亲的计划里，存在于关于家庭琐事的无休止讨论里。但是此时此刻，没有了他，我却感觉到了爱，只有爱，在这个没有他的空间里，爱满溢了出来。我好想回家。虽然这里是世外桃源，我原本对这里渴望已久，可是现在我只想离开这里，回到我们那个乱糟糟的、连墙都被烟熏黑了的家里去，我甚至愿意回到过去六个月来错综复杂的痛苦情绪中去，只要能握住他的双手、听到他的声音，我就别无所求。可是，是他把我送到这里来的，我还没得出结论，怎么能回家呢？我不管了，我得回去，我得从那扇门走回去，到那时，此刻这份强烈的爱意就会消散，消散在没擦干净的窗户和没来得及买的牛奶之间，一切又回归令人烦躁的琐碎日常。我闷闷不乐地在外头待了整整一周，然后回了家，我故意挑衅似的跟他说："我不要生孩子。"可是两天之后，我又哭着对他说："我还是要生，因为除了对孩子的强烈渴望之外，我什么也感觉不到。"

母亲去世后的第二年，八九月间，我开始被头疼困扰。那种疼法仿佛是偏头痛的症状，我之前从没有那么疼过，后来也再没有那么疼过。一连好几个月，我越来越精神恍惚。走在街上，某些陌生人的脸会忽然引起我的注意；每天早晨，我乘车去图书馆，站在车站的下行扶梯上，对面扶梯上某些陌生人的脸也会忽然跃入眼帘，那些面孔从周遭的杂乱背景中突兀地冒出来，说不出的眼熟，像是被我忘了的老朋友一样，可是，那种眼熟的感觉是飘忽不定的，上一秒我还挺有把握，下一秒它却又溜走了。我认识他们吗？我不认识他们吗？这之间的界限模糊不清。世界变得像玻璃一样扁平而易碎，我总觉得，要是我碰它一下，它说不定就会裂成一片片，掉在我脚边，暴露出隐藏在它底下的坚实之物。好多声音啊——车来车往，吵得要命，某个男人站在门口大声叫唤，某扇窗沿漏出屋里收音机的动静——低得微不可闻，却听得一清二楚，仿佛它们穿过的是比空气更黏稠的介质，我的头又一次疼了起来，和之前的疼法又不一样了。有那么一回，我整整好几天疼得什么也做不了，只能匍匐在床上，所有的百叶窗都合了起来，窗帘也都拉上了，痛苦将昼夜的流逝变成了时钟折磨人的嘀嗒声，它嘀嗒嘀嗒，不知疲倦，刻毒而残忍。我的头骨里面有一个充塞着悲伤的脓疮，它越来越肿胀，边缘顶着我的骨头，就像泥浆拍打着岩石，它塞住我的鼻窦、我的眼窝，挤进我的泪管，向下直达我的咽喉。有时候，到了深夜，疲倦暂时战胜了痛苦，我终于能断断续续地小睡片刻，然后我就会梦见自己嘴里塞满了湿沙子一般的东西，白色的，黏糊糊的，我忙不迭地把它吐出来，用手指从牙龈和脸颊之间的空隙里把它抠出来，可它又会立刻重新滋生，再次把我的嘴堵得严严实实；就算是醒来之后，我还是忘不了它那股味道，像是腐坏的牛奶一样挥之不去，依然残留在我的喉咙里。

后来，随着疼痛消退，我浑身无力，仿佛死了一回，又重获新生，像一片被冲刷得干干净净的海滩，没有留下任何痕迹，我躺在被汗水浸得黏湿的床单上，尘埃的微粒从窗帘缝隙间斜斜漏进的一束光线中缓慢落下，我感受着每一次吸气时微微的寒意，我躺着，直到终于有力气爬起来，跌跌撞撞地走到厨房，从水龙头里接一杯水，双手把它举到嘴边，感觉它冲刷进我的体内，我已经沦为虚无，我的皮肤只是一层脆弱的薄膜，隔开了光和水。在下一轮病情发作之前，我会欣欣然，飘飘然。整整二十四个小时里，我简直在发光，我全身焕发出的光芒从外界的每一个平面反射回我身上，被重新吸收，再传播出去，炼金炉的火[1]越烧越旺，我欣喜若狂。我徘徊在幻象的边缘，如同在悬崖边摇摇欲坠。启示仍未出现，隔在我自己和“顿悟”之间的那层面纱，始终处于一种将要撕裂却尚未撕裂的状态，我似乎能透过它影影绰绰地看到一些东西，仿佛是尚未被获知的真理的轮廓；直至某个瞬间，狂热的情绪攀上顶点，可是它并没有带来对真理的解释，恰恰相反，它带来的是极致的痛苦，我的脑袋被一把老虎钳夹着，我的身体瘫软无力地荡在老虎钳的下方，我的骨头分崩离析，我的四肢蜷曲僵硬，咔咔作响，鲜血淋漓。尽管如此，在将近两个月的时间里，我没有采取任何措施。每次发作过后，疼痛的记忆就被抹去了，但我却能清楚地回忆起当时那种迷乱的感觉，也能记起迷乱的后果：一种空茫的平静，就像复活了一样，我也不知道它够不够弥补我所

1《圣经》中常用炼金炉的火来比喻考验。

遭受的痛苦。也有时，当痛苦开始发作，我终于确信并没有任何东西可以补偿我所受的苦，我便害怕了起来，明白自己是真的出了问题，却又不想知道究竟是哪里出了问题。到后来，这个周而复始的循环越缩越短，每个周期之间相隔的时间甚至都不够我往冰箱里补充食物，也不够我把床单洗净烘干，好为下一次头疼发作做准备——我终于决定预约去看医生。

伯莎·伦琴原本已经习惯了独自打发时间，因为丈夫伦琴总是一心扑在工作上，很少在家待着，就算回家也仿佛只带回了半副躯壳，哪怕两人面对面坐在餐桌的两头，或是一起坐在放着钢琴的客厅里烤火，他的心神仍在别处。不过，哪怕她已经习惯如此，但到了1895年11月中旬，她还是不免陷入了深深的担忧，因为现在他连觉都在实验室里睡，饭也带到那儿去吃，回家只为了换洗一下衣服。伯莎只能在一旁看着，按捺住自己的关切和好奇。事后，伦琴总是避而不谈那几个星期他是怎样度过的。他敏锐地觉察到菲利普·莱纳德企图诋毁他——各种闲言碎语从莱纳德那一派的口中传出，散播得沸沸扬扬，他们声称伦琴的成就只不过是撞了大运。伦琴的好友及时声援了伦琴，但也未免有欲盖弥彰的嫌疑——正因为他们火急火燎地为伦琴辩护，导致许多质疑未能得到回应就被搁置，成了未解之谜。若干年后，伦琴如此写道："好像我还得为自己发现射线的事情道歉似的。”到了发现 X 射线的次年暮春，伦琴已经完成了所有他能做的关于 X 射线的工作，发表了三篇论文，完成了唯一的一次讲座。之后，他拿定主意，再也不谈这个话题了。1901 年，他被授予首届诺贝尔物理学奖，但他甚至拒绝发言。然而，不管他自己是怎么想的，关于那几个星期中发生的事，我们还是可以从他自己的言辞中探得一二。为了赶上物理医学协会给出的截止日期，那年 12 月的最后几天里，他匆匆写就了《关于一种新的射线》，文中提及了他那几周中的工作内容：时间如水般流逝，他一刻不停地做事，世界的面貌在他面前重塑，事物坚固的表象消融殆尽，将内在呈现在他的眼前，一切尚未尘埃落定便赶紧记述下来；他用飞一般的速度写完了论文，然后在维尔茨堡冰封的街道上飞奔着将它递交上去……这是否意味着，他其实也明白自己的捷足先登是相当侥幸的呢？是否也意味着，他真的很渴望得到这项殊荣呢？也许他的渴望只是下意识的，但也是切切实实的。伯莎独守空房，尽量不让自己的担忧之情溢于言表；伦琴则在实验室里，把手边能够着的东西挨个举到他的实验设备跟前。他这般写道：“我看到了也拍到了许多……阴影的图像。我把一扇门刷上含铅涂料，然后把放电管放置在门的一侧，再把感光板放置在门的另一侧，就拍到了那扇门的轮廓；我还拍到了手掌内部骨头的影像，拍到了绕在木轴内的金属线，拍到了放在盒子里面的砝码，拍到了封装在金属箱里的罗盘和指针，拍到了 X 射线在某块金属上显示出的不均匀性……”在那七个星期零三天之中，伦琴置身于一个完全属于他自己的私密世界，世界在他面前改变着形貌，而且，独独只在他面前。或许，这也成了他日后痛苦的一部分：即使他得到了这段蒙受启示般的体验，即使他得到了科学赋予他的无上恩典，但在那之后，一切还是老样子。哪怕他能看透金属、看透肉体，让隐藏其下的东西无所遁形；哪怕他已经明白了或者说自以为明白了事物的本质，但是，在那之后，留给他的只有现实中的纷纷扰扰。

终于，1895 年 12 月 22 日，伦琴从与世隔绝的状态里走了出来。他回到家里，找到伯莎——过去的几个星期以来，她一直充当着他与现实世界的唯一联系，她埋首于家庭事务，竭力维系他与正常生活的关联——让她马上跟自己走。伯莎一个字也没多问，穿上外衣戴上手套就跟着他出门了。他们走过冬日的街头，走进大学校园，两人的脚步声在空荡荡的走廊里回响。最终，他们来到伦琴的实验室门前，伦琴打开门，把她推进去。伯莎在那儿站了好几分钟，这个地方让她感到很不自在，它属于她丈夫的另一面——关于这一面，她仅有的了解仅限于他的名望。与此同时，伦琴走来走去，调试着实验设备。然后，他悄然出手关了灯，把妻子的手放在一张感光片上。伯莎一动不动，照他吩咐的去做。他把克鲁克斯管调试好，让电流从中通过，周围漆黑一片，她的手就静静放在射线管与感光片之间。洗照片花了伦琴十分钟，这期间唯一的声响只有伦琴的脚步声和墙上挂钟发出的嘀嗒声。接着，照片洗完了，灯光再次亮起，他们一起看着那张照片，它将成为伯莎永恒的留影：那是她手部的骨骼，手掌摊开，掌骨上面是弯曲的指骨；无名指靠下的指节上戴着她的结婚戒指，它呈现为黑色，在她手骨投影的映衬下，展现出金属的恒久性，象征着历久弥新。几个星期以来，伦琴一直独自待在他初次认识到的世界里，而此刻，他希望伯莎能够接受这幅图像，他希望以这种方式向伯莎介绍他的世界，向她表达他的爱意：她的手骨清清楚楚地呈现在他们二人眼前，这是一种对生命的确认——正是生命，创造出如此非凡的结构。不过，这些都还有待他慢慢解释给她听。而在伯莎看来，她的手应该是实实在在的，她的身体应该是完整统一的，她从未怀疑过自己的皮囊、自己的思想，毕竟她本人便是由它们构成的。她也从未深入思考过这些东西——她最多知道肉体是承载心灵用的。所以，在伯莎眼中，这张照片仿佛一抔来自墓地的泥土，带着一股让人毛骨悚然的气息。

“看着它……”她说，“就好像看见了我的死亡……”

她转过身，再也不愿意看它。

从海伊镇回到家里，我和约翰尼斯紧紧抱在一起。自那以后，我们的相处变得和以前不一样了：他不再向我反复保证一切都会好起来的；我也不再试图向他倾诉我的恐惧，因为这样做似乎伤害了他，而我觉得，不让他难过比什么都重要。我们之间拉开了无可奈何的距离，只能小心翼翼地对待彼此。尽管我们仍然一直保持着身体接触，手放在对方的肩膀，腿搭在对方的膝盖，乃至十指交缠难解难分，然而，这种接触并不是为了互相慰藉，更多的是因为彼此都意识到一旦放手就可能失去对方——彻彻底底地失去。夜里，我们清醒地躺在一起，四臂相环抱。即使在沉默中紧紧地压着彼此，竭力要与彼此相连，可是，在我们裸露的小腹之间，隔着某道无法打破的障碍，所以，我们只能放开对方。有一次，约翰尼斯忽然哭了，他的声音仿佛是从渺远处传来："我受不了了。"

而我无法安慰他。就算我们正受着同样的折磨，我还是无法安慰他。

直到最后，我们还是没能下决心。于是，我们一起离开家，在康沃尔郡沿着海边的小径从法尔茅斯绕过利泽德[1]走到兰兹角[2]，花了十天。我们隐隐觉得，在这段始终向西走的旅程中，我们也许可以获得解脱。就那么走着走着，直到我的口腔里充

---

1 英国本土最南端。

2 位于英国西南角，字面意思为"陆地的尽头"。

溢着盐的咸味和铁的腥味。我们从海边一直爬到悬崖顶上，再从每个小峡湾的转角返回，只不过是几英里的直线距离，却要花上数个小时艰苦跋涉。有一回，我们停下来喘口气，从悬崖的边缘俯瞰五百英尺深处的大海，一只猎鹰几乎与我们处于同一个高度，悬停在离我们只有一臂之遥的地方，它很警觉，近乎静止，带斑纹的灰色翅膀在上升气流中一动不动，我顿时被打动了，觉得自己无比荣幸——在经过先前无比难熬的几个月之后，这种感觉突如其来，就像是看到寒冬的土地初次有了绿意。我们带了一顶帐篷，分别用两个背包装着。每天的徒步结束时，我的皮肤都结了一层盐霜，一半是因为汗水，一半是因为蒸腾的海浪。我只要用手指一搓脸，脏兮兮的盐花就卷曲着掉下来。随便找一家小酒馆用过晚饭，我们赶在夜幕降临之前爬进帐篷里。些微的余晖透进帆布帐篷，营造出一种温柔的黑暗，仿佛置身于水下——我们就那么睡着了。

我们几乎不交谈。起初是因为没有什么可说的，能说的都已经说过了；但是到了那个星期过半的时候，我意识到，其实是因为我们都已经被掏空了，被那艰难的跋涉过程掏空了。我们只能作一些流于表面的思考，就像机械重复的例行公事，如同盛夏的海浪沿着一贯的路径冲刷着海滩。我们配合着对方的步伐，找回了几个月来一直缺乏的默契，我们当前唯一需要操心的是每天怎样才能爬到山顶，然后及时赶到营地，赶在小酒馆停止供应晚餐之前把帐篷搭好。那个星期的大部分时间里，天气都晴朗炎热，每天中午，我们沿着小径爬下山，来到海边，面朝北大西洋，并肩吃着自带的午餐，吃完面包、奶酪和几包薯片，我就去游泳。海水是那么清澈，我甚至可以看到水中成群的蓝色小鱼。但是最后一天下起雨来，一场又急又密的夏日暴雨，云层压得低低的，空气和水凝结成一大团浓密厚重、漫无边际的灰色雾团，我们终于到达了兰兹角，可是根本看不清它的边缘在哪里。我们和灰心丧气的游客们一起排队，等着跟路标合影留念。经历完二人孤独跋涉的日子，此刻置身于人群之中，我们反而产生了一种疏离感——那些人乜斜着眼睛打量我们脏兮兮的脸和穿了一个星期、溅满了泥浆的湿衣服。坐在回彭赞斯[1]的大巴上,我们都说：千辛万苦跑到这么一个既不宁静也不美丽的地方来解压，真是太搞笑了，相当于跑到超市里去朝圣。我们笑个不停。到了车站，我们订好了当晚的卧铺车票，然后整个下午和傍晚都消磨在车站的酒吧里，我们喝酒，湿淋淋的行李在暖气片上被烤得冒出了白汽。我站在瓷砖都剥蚀了的洗手间里，看着镜子里自己晒伤了的脸，我意识到，就在那个星期的某个时间点上，我已经战胜了自己的焦虑。说到底，我其实早已在几个月前就做出了决定。我一直都明白自己

1 英国康沃尔郡西南部城市，紧邻英吉利海峡。

是想要孩子的，问题只在于怎样从抽象的愿望过渡到具体的实践，我看到自己和那些已为人母的女人之间仍有差距，我害怕别人会觉得我不配当母亲，但是，我并不孤单啊——我还有约翰尼斯呢，在我不够坚强的方面，他足够坚强。不管怎么说，我们只不过是人罢了，人在某个层面上生来就是为了做这件事，我也不见得比其他人更差劲。但最重要的是，因为迟迟下不了决断，我已经被这件事折磨得一点力气也没有了。我实在太累了，不想继续这样下去。我希望能想点别的事，而不是把所有精力都耗在这件事上。我希望整件事赶紧完结，而实现这一目标的唯一途径就是去做我从一开始就想做的事情。

一个阳光明媚的午后，我坐在图书馆的书桌前第一次读到伦琴的论文，当时我已经能够比较轻松地理解文中的脉络了。毫无疑问，伦琴做出了后无来者的壮举：他并非先创建一套专业术语，再用术语来向他人讲解；相反，他仅靠通俗易懂的日常用语就把一项前沿科学发现表述得明明白白。按照伦琴的描述，他的工作就好比是在揭秘魔术师的戏法。一旦解释清楚戏法是怎么变的，“人人都能做到”的错觉不减反增——我们会误以为自己也可以做到那么眼明手快，那么胸有成竹。这篇论文发表没过几个星期，就在学术界和普罗大众间都掀起了狂潮。光是1896年那一年，就出版了关于X射线的49本书和1044篇科研论文，更不必说数不胜数的报纸报道、社论通稿、杂志文章、漫画和图稿。在那个压抑的世纪走向尾声之际，一种让人有些不安的想法横空出世，仿佛向世人预示着“就要变天了”：肉体凡胎即便被一层又一层的布帛裹得严严实实的，也同样会被一览无余，一切秘密都逃不过他人的眼睛。到了 1896 年的夏天，芝加哥出现了一种投币式自动机器，可以给你的手拍 X 光片；那一年在纽约举办的电气展览会上，有个帐篷里放着一排排的设备，想用它们的人排起了队，长长的队伍一直排到门外。用完之后，他们围在一起小声交谈着，就像通常在教堂里会做的那样，他们眼里都闪烁着不可思议的光芒，仿佛世界观都颠覆了，他们纷纷表示在短短的几分钟里，当屏幕上展示出自己手的内部结构时，他们终于确认了自己是活生生的存在；也有一些人从一张张雷同的图像中发现每副骨骼都非常相似，于是，像伯莎·伦琴一样，他们终于意识到所有人都将成为没有区别的骸骨。从那年一直到次年，在人们的心目中，令人着迷而又神秘莫测的 X 射线成了一种明晃晃的证明，仿佛未来已经提前来临并被他们占领。比如在艾奥瓦州的锡达拉皮兹市，一名男子声称在克鲁克斯管里发现了魔法石，然后用 X 射线把普通金属变成了黄金，有那么一阵子，人们几乎相信了他的话——为什么不相信呢？既然实实在在的躯体也可以变得透明，既然你走到集市的某个摊位就能看到自己手里的骨头，既然随便谁花一毛钱就能看到自己死后的样子——那么，到底还有什么是不可能的呢？显然，那年夏天，人们蜂拥前往那个摊位也正是出于这个原因：那里有一种简简单单就能解释一切的力量，那里保证让你看清楚一切，仿佛只要知道了自己的身体构造，自然就能明白自己的思想。

找医生看完头痛之后又过了十天，我在本地医院做了核磁共振扫描。这家医院坐落在一条车来车往的马路上，周围有许多公交车站。它和我陪母亲去过无数次的那家医院完全不同，在那儿，精心打理过的花园仿佛是一种委婉的表达，将“医院”这个词进行了缓冲和模糊处理。而这里就不一样了，这是一座由混凝土和剥落的油漆构成的庞大而杂乱的综合体，从中心逐渐向外拓展、延伸、扩建，它仿佛正在进行自我复制和增殖：脚手架的柱子就像暴露在空气中的树根一样从墙上垂下来扎到地上，许多活动房屋从停车场上以及曾经可能是草坪的地方像灌木丛一样拔地而起。我走进主楼，人满为患的大厅让我焦虑了起来。我不禁加快了脚步，可还是花了不少时间才找对地方。等我好不容易来到核磁共振科的前台时，差不多已经迟到了。他们让我填了一大堆表格，然后把我领到一条走廊里，那里已经有五六个人坐在一排靠墙的塑料椅子上，彼此之间尽量离得远远的。我稍稍犹豫了一下，挑了左边一排最边上的座位坐下。旁边坐着一个大个子男人，他的右眼肿得很厉害，眼窝周围的皮肤被撑得胀鼓鼓的，已经不是正常的肤色，整个右眼看起来足有橘子大小，上面长着凌乱粗硬的眉毛茬子。我坐在他旁边，保持着在公共空间应有的礼貌距离，有那么一小会儿，我真希望自己不要这么胆怯地回避他的目光，我应该勇敢地迎视他——但是，假如我真的与他四目相对，就相当于假惺惺地要与他休戚与共，而我并没有那个资格：因为我的病毕竟还不怎么严重，而他看上去都已经半死不活了，他的皮肤就像是一片瘪塌塌的、半黄不白的羊奶酪。我们坐了将近一个小时，两个人，肩并肩，整个过程中，他一动也不动，只有两手的大拇指轻轻地、无声地互相敲打着，节奏复杂莫测，我完全捉摸不透。我想，也许他是在心里默默背诵着什么清单，或者是在祈祷，也许他正默念一首鼓舞人心的赞美诗，又或者是在念叨着自己即将失去的一切。结果，当护士最终叫到他时，他笔直地站起来，彬彬有礼地向她打招呼。如此看来，也许他先前仅仅是因为等得太久而有些烦躁而已。我却怀着焦虑而又审慎的怜悯之情，以为自己一定拥有他所没有的东西——健康和力量，并且因此以为我的目光能给他带来一些温暖和安慰，这些都只不过是另一种形式的自负罢了。

轮到我自己的时候，还是刚才的那个护士来叫我。她把我领进大楼更深处，穿过许多条散发着油毡和消毒药水味的走廊，最后走进一扇门，来到一个四面白墙的小隔间，把我独自留在里面。我脱了衣服，换上一件蓝色的哔叽病服，它洗得很硬挺，褶边刮擦着我的后颈。我自己的东西——长裤、T 恤、鞋子，那年我一直戴着的银手镯，还有耳环和眼镜都放进了储物柜。就这样，我被剥光，视线变得模糊。那些累赘的身外物使我成为我自己，而今它们都被除去，于是除了我平庸无奇的内核之外，什么也不剩了。我感觉自己将要接受的并不是例行体检，而是某种仪式，它将证明我的存在究竟是由什么东西构成的。另一个护士走进来，把我带到核磁共振仪所在的房间，我躺在活动检查床上，头部被固定住，膝盖在垫子上屈起。工作人员向我解说着什么，可是没戴眼镜的我很难集中注意力，眼前只有一片模糊的色彩，工作人员的话语就在这片迷雾中若隐若现。他们给了我一个按钮，告诉我万一待会儿幽闭环境引发了恐惧症，我可以按它。但实际上，因为没有眼镜，近视把我能感知的世界缩得只剩方圆几英寸。我别无选择，只能听天由命。听天由命本身就是一种解脱，因为我已经为了能正常生活而苦苦挣扎了好几个月，此刻，在这里，我终于得到了照料，可以好好休息一下了。虽然他们给了我一副耳机戴着，但仪器运作时的音量还是让我难以忍受，金属转动的轰鸣声占满了我整个脑壳，我的头脑中再也没有思考的余裕，只剩下隆隆巨响。我丧失了时间观念，脑袋被卡在笼中，双膝架在厚垫子上，整个人好像要被永远框死在那里了，所谓的“永远”可长可短。在经历了一连几个月的焦虑和空虚之后，决定性的时刻终于到来了，我要么直面痛苦的症结所在，要么攀上巅峰、得到升华：我被困在巨大的白色盒子里，无望无助，无遮无拦，置身于人生的转折点。很快，我被领到会诊医生的办公室里坐下，看着我自己的大脑照片平铺在灯箱上，然而，我什么感觉也没有。这跟我想的不一样。我曾经以为，大脑是我身体其他部分的主宰，要是我能亲眼看见自己大脑的影像被钉在屏幕上照得透亮，运作的细节呈现在一片彩色的星云之中，那我肯定就能清楚地确认自己是实实在在的、无可置疑的、“做工”精良的。我原以为自己能认出它来，毕竟它是我自己体内用于容纳意识的器官，我肯定会认得它是我的，就像婴儿肯定认识母亲一样；既然如此，埋藏在它深处的想法肯定也会变得触手可及。但事实是，这张照片完全可能属于随便哪个人。我呆呆地看着它，稍许有点诧异：原来眼前看到的就是我自己的一部分啊。它什么也没有告诉我。我坐在椅子上耐心地听医生解释说，扫描结果显示我并没有什么明显的毛病。她告诉我，我会被转到专治头疼的诊所，不过候诊名单上的人很多，在候诊期间，我要继续服用止疼片，不能喝酒，尽量保持规律的作息。等到第二年初，我收到了通知我去看病的信，不过那时头疼已经好了。我已经遇见了约翰尼斯。事情发生了转机：母亲的死不再是“现在”，而是“过去”。我终于理解它是一件已经发生了的事。我不会再像先前那样，一想起它就被揭开伤口，任凭它交织进我的体内，成为我难解难分的一部分——它本该只是我生命中的一个片段而已。走到这一步，并不是因为我自己想通了，只是因为我慢慢习惯了既成的事实，靠时间冲淡了一切。

II

母亲的长逝仿佛拖着长长余音的钟声，不过那余音到底还是归于沉寂了。等到她的私人物品都消失在垃圾车里，等到我经历完那场大病的煎熬，等到我遇见了约翰尼斯，终于，有很长一段时间我都觉得往事不再重要了。我对什么都兴味索然，任何东西都提不起我的兴致来。这世上，我就只剩母亲这么一个亲人，我得接受我已经永远失去她这个事实。靠着细细处理她的身后事以及她的遗物，我挺了过来。整个处理的过程，我都心如止水，那份镇定自若对我而言简直像是一枚荣誉徽章。每当回想起这件事，我都觉得自己做得真不赖，因为我抵抗住了那股强烈的冲动，没有把她的遗物全收藏起来，把自己搞得活像是遗物博物馆的馆长，我也没有把自己活成一包防腐剂，只用来保存关于母亲的回忆。后来，女儿出生了，渐渐长到懂事的年纪，当我偶然提起母亲的名字时，她已经会表现出好奇。我也渐渐意识到，外婆的形象在她脑海中一定十分模糊，尤其是跟奶奶相比——奶奶会带她去动物园，去国家美术馆，去奥斯汀修道院的荷兰教堂——奶奶可是活生生的。不过，即便到了那种时候，我也仅仅觉得，母亲留给我的痛楚，就好比一片需要艰难跋涉而过的领地，要我带着孩子穿过那片领地，多多少少有点不易。有一回，我想把整件事原原本本地说给约翰尼斯听。那是在女儿出生头几年的某天晚上，她四仰八叉地在小床上睡着了。好不容易打发她进入梦乡，我们就像一对小规模灾难的幸存者，相互依偎着倒在沙发上。我告诉他，未来平淡无奇，过去也是一样，能说的往事也就那么点了。记忆装在布满灰尘的盒子里，如同年代久远的纸张，已经磨损得厉害。现在打开这个盒子挑挑拣拣，试图找出“我们是谁”的答案，不过是不想为自己下的决定负责罢了。毕竟，说到底，我们所拥有的也仅仅是我们自己。更何况，我们此刻尚且能拥有自己，可是将来，我们能扮演的角色范围还会越收越窄，能拥有的自己也越来越少。

我说：长大成人，就是一个走向孤独的过程，我们不得不与生养我们的那些人相分离，这个现实我们是逃避不了的，最多也只能尽量推迟它的到来——我把母亲的房子一点点地腾空，把所有旧物件都抛弃了，化整为零地丢进那个灌饱雨水的垃圾车里，本就是一种急迫而坚定的宣言。凭借这种做法，我让自己无牵无挂。

“可你没有啊，”约翰尼斯说，“你并没有无牵无挂。”

母亲是独生女。外婆是一位精神分析学家，所有人（也包括我）都知道她叫 K 博士。我并没觉得这个名字有什么奇怪的。对我来说，打从一开始她就叫这个名字，因为那时候我只有几岁大，当然是以自我为中心，以为自己所看到的就是全世界，我所熟悉的东西自然也都是天经地义的。因此，当我终于想起来问问外婆为什么叫 K 博士的时候，我都已经长成少女了。在她的厨房里，我们隔着一张桌子站着，桌上还放着她通常用来切菜的刀。她暂时停下了切菜的活儿，把刀放到一边，这个动作意味着她愿意对我的问题给予应有的重视。这是她惯用的一种手法：既然一交谈就会打破沉默这种美德，那么就不该随口说废话，必须全神贯注于交谈，才值得开口。这样一来，和她交谈的人都是无处遁形的。

“名字这个东西，”她说，“仅仅是符号而已。尤其是那些我们自己给自己取的名字。”

因为不知道接下去该说什么，于是我什么也没有说。我只是站在那儿，被她注视得脸上发烫。直到她感到满意了，再次拿起菜刀，继续切她的胡萝卜。

关于外公，我几乎一无所知。他早在母亲出生前就去世了，所以对我们来说，他的缺位几乎没造成什么空洞感。反正他从一开始就不在，我也就谈不上失落；反正他从来也没跟我们相处过，也就无从知道他原本应该在家里扮演怎样的角色。小时候，有时周六的下午闲得无聊，我翻遍整栋房子把能玩的都玩腻了，就向母亲打听起外公来。母亲则会说，她也只知道外公曾经在一家期刊杂志社干过，外婆为他们撰稿。要是我追问个不停，母亲就会走到门厅里的大书柜跟前——那里专放我们的好书，比如硬封面的精装本，一排黄色书脊的“企鹅”[1]旧版书、经典译本和诗集，她会取下一本《吉卜林[2]作品集》，发黄发脆的书页之间夹着一张照片，照片上是一个男人坐在沙滩上，绵延不绝的流沙后面露出几处被草覆盖的沙丘，从低矮处一直向上延伸到邈远的天空。我不知道把照片夹在吉卜林的书里是不是一种幽默。总之，母亲说：“这就是外公。”

接着她会把那张泛着光泽的照片递给我，她自己则回去接着干被我打断之前正在干的事情。那本书就留在门厅的桌子上，直到我看够了，把照片夹回去，再把书放回原位。

如今回想起那张照片，我觉得照片里的男人应该是在东海岸的某个地方，索普尼斯小镇，克罗默小镇，或者斯内普小镇——总之是把东盎格鲁沼泽和死海分开的那些个狭长而平

1 指企鹅出版社。该出版社创建于 1935 年，是世界最著名的英语图书出版商之一，以一只企鹅为商标。

2 约瑟夫·鲁德亚德·吉卜林（1865—1936），英国作家，1907 年获诺贝尔文学奖。

坦的海滩之中的某一个。这些地方，约翰尼斯和我去过几次，时值初秋，地面还挺暖和，空气中倒已经有了寒意，傍晚时分，月亮像它自己的幽灵一样挂在空中，芦苇投下长长的影子，一切都笼罩在一种灰蒙蒙的金色里。我们仿佛都被什么东西轻轻地戳中了，那种感觉并不讨厌，类似于怀念，怀念的是我们从未见过却本能地知道已经失去的东西。照片中的男人穿着一件浅色衬衫，敞着领口，不过看上去有点局促，仿佛是刻意摘掉领带装出那种漫不经心的样子；他的裤边卷起来，在吊带袜和系带镂花皮鞋上面露出了一寸苍白的皮肤。头发被风吹乱了，露出一张勉强算是在微笑的脸，双眼在阳光的直射下眯了起来。他的五官平凡得毫无辨识度，在我看来简直像是伪装用的假面。在照片的底部，摄影师的影子也入了镜，特别黑，特别清晰，这是画面中很醒目的一点，所以我一直都记得，身体的黑色轮廓铺展在沙滩上，笔直的双腿分开，手肘抬起，就像瞬间长出了棱角分明的翅膀——这个影子，比起画面的主角也就是我的外公，呈现出更鲜明的特征。这张照片好几年前就不见了，想必是跟《吉卜林作品集》一块儿扔了吧。二手书里时不时会出现这类东西的，不知谁会得到这张照片，又被它勾起好奇心。

我还记得自己曾经如何把鼻尖凑到照片上，全神贯注地凝视它。我仔细研究它的细节，试图找出它与我之间的关联。

可是，其实说那个男人是谁的外公都可以。我现在甚至怀疑，那张照片真的和我家有关系吗？说不定它一直就夹在《营房谣》[1]的诗行之间。它是怎么丢的，就是怎么来的。母亲对她父亲的了解，似乎并不只她肯说的那么一点儿。K博士的诚信是无懈可击的，她一贯坚持：人既不能逃避事实本身，也不能逃避对事实的解释。她这种诚信，有时甚至带有攻击性。相应地，母亲则很务实，把结果看得比事实更重要。我觉得，母亲其实不屑于撒谎，她只不过是认为那样做可以更好地保护她和我的隐私，让我能自主选择怎样理解这个世界。“对外公的事一无所知”纯属母亲编造的，这一点现在看来多么显而易见啊，真不知我以前为什么看不出来呢？她的搪塞只不过是为了省事，她无比明智地把那些复杂的事情进行了简化，只是为了保护我，因为她认为那些事情无关紧要，不该让我因它们受到伤害。“真诚地说出并非事实的内容”和“撒谎”之间，还是有区别的：归根结底，对于我们不曾亲历的过去，我们的任何理解都不过是虚构而已。如果我说“我本有权知道真相”，母亲多半会觉得很荒唐。当疾病夺走她之后，大片的空洞占据了整栋房子，关于外公的问题从那些空洞里浮现了出来，哪怕我在她去世前就已经发现自己被骗了，然后想方设法

---

1 吉卜林的著名作品。

质问她，我仍然认为，她是不会回答的。

下午，约翰尼斯往往会带女儿出门，我就把脚搁在垫子上躺着，尽量休息一下。我的身体是一副住起来很不舒服的皮囊。屁股很疼。宝宝在肚子里踢我。手指变粗了，不再灵活，不管是系纽扣还是解纽扣都成了难题。一到这种时候，我就希望他们统统消失——约翰尼斯，还有孩子，不管是已经从肚子里出来了的，还是目前仍在肚子里的，但愿他们统统消失——我不知道未来他们会留给我什么样的回忆，也不知道未来会有哪些断裂了的记忆需要重新缝合，他们与我的羁绊只取决于我用什么心态去看待罢了。我很想变成大家理想中的样子：更加体贴，更加包容，更加可靠，脾气好得超乎我自己的想象——至少我认为他们希望我变成这样。可我也想要被理解，被重视，被原谅。而我没法两者兼得。一想到这里，我就满腔戾气加怨气，当宝宝的膝盖顶到了我的肋骨，我就隔着自己的肚皮痛骂她；很久之后，我会想起这件事，不禁满怀内疚，紧紧地抱着小女儿给她唱歌，仿佛这样就可以温柔地抹去她对从前那段时间的记忆——都怪我那时还不够格。

外婆住在汉普斯特德[1]一所大房子的楼上，房子长长的花园

1 伦敦的老城区，富人居住区，有著名的汉普斯特德荒野，地势较高。

尽头是地势渐高的荒野，恰如身居城市的人梦想中的英国乡村。她三十岁那年，考取精神分析师资格后不久，就买下了那所当时还破败不堪的房子，接着，她开始慢慢地整修它，将那些房间逐一装修成与她自己相配的模样，到最后，她坐在房中的时候几乎与其融为一体，如同一块本来就在那儿的磐石。房子里没有留下母亲的任何痕迹，没有照片，也没有纪念品。每个房间都有着高高的天花板，但没有摆放母亲的照片或纪念品的位置，因为在那些房间里，一切情感都已经被抚平，只留下理智这剂疗伤的药膏。唯独阁楼是个例外，因为它是母亲儿时的卧室。当年，这所房子的底层在母亲离家以后没多久就被改建成了一间独立的公寓，K 博士用它来赚外快，用以保障她自己的养老问题。从我记事起那里就住着她从前的一个病人，他是位非常正直的退休教师，总是穿着花呢套装，身上散发着薄荷和樟脑的气味，似乎永远处于一种将要腐坏但还尚未腐坏的状态。

每年夏天，我都会在那里度过一个月的假期。K 博士出诊的时候，我就和那位房客一起坐在房子后面长长的石砌露台上。露台隔开了房子和花园，花园也归他使用，他的起居室里有几扇法式长窗正对着它。以上全是孩提时代的回忆，等到成年之后回望，自然又给那份回忆添上了一层美好的釉色。在回忆中，那些日子总是很热，天空总是很蓝，苹果树果实累累，树叶间洒下斑驳的阳光，花园就在那样的光线下铺展开来，分外幽静，分外美丽。房客还会泡甜茶给我喝，我们相处得相当融洽。他讲给我听几年前外婆怎样治好了他的病——他得的是一种自残型强迫症，病情严重的那几年，他把满头满脸所有的毛发都拔光了。

如今他的时间都用来种玫瑰花，我看着他把手指深深地插进叶片之间，检查有没有绿蝇。他常常会停下手头的工作，一动不动地站好几分钟，盯着什么东西发呆。他的双臂垂在身侧，脑袋垂向地面，仿佛已经灵魂出窍。每到这种时候，我就会觉得他很可怜，我自己也又热又不舒服，于是我就赶紧跑回房里去了。

就像天气总是那么热、花园总是那么绿一样，记忆中的那些夏天，外婆的家里总是那么凉爽、那么安静。那里宁谧又祥和，只要惬意地坐在书橱之间，自然就有恬然遁世之感。她家并不讨小孩子喜欢。房间里有着大学图书馆特有的那种威严感十足的肃静，仿佛在说:“此处既拥有知识也提供知识，此刻学习是为了进一步学习。”——每次我住在外婆家,总觉得那所房子让我像个小大人一样。我还挺享受这种感觉的，因为我可以一本正经地坐在扶手椅上，从容不迫地穿行在走廊，自由自在地遨游于书海。外婆给了我充分的自主权。住在她家，我可以尽情做自己想做的事：可以一个人去国会山上看人们放风筝，也可以一个人去游泳池游泳,可以自己做点儿吃的带出去野餐，自己梳头，自己刷牙，自己挑鞋子穿，自己决定要不要穿外套，要是挨了雨淋那也只能怪自己。可我毕竟还是个孩子，当我瑟瑟发抖地跑回家，外婆并不会像母亲那样给我放热水洗澡，也不会用毯子把我裹起来暖和暖和，也不会温柔地责备我不该搞成这样子。就算我摔了一大跤，跌破了膝盖，也只能自己撕开膏药，贴在鲜血直冒的地方。

早上，女儿一醒，约翰尼斯就去她的卧室，为她打开百叶窗，带她去洗手间，让她坐在马桶上，叮嘱她洗手。他会弄点粥或是切片吐司当早饭，跟女儿一块儿围着桌子吃。等约翰尼斯该去上班了，我就穿好衣服下楼洗碗，女儿则叽叽喳喳地要我给她念故事书。我叠衣服。我考虑午饭该吃点什么。外出之前，我确保女儿的鞋子没穿错脚，检查包里有没有带水和替换裤子。我牵着她的手，我们去逛公园，坐在双层巴士的上层，到她喜欢的地方去，比如图书馆、博物馆：在图书馆她可以假装在电脑前工作，博物馆里则有一匹摇摆木马，她乐意排队去骑一会儿。我们还会去购物。她挑自己喜欢的水果，要么是苹果，要么是油桃，我允许她在回家的路上边走边吃，汁液溅满她的小脸和脖子。傍晚，约翰尼斯从办公室回来，大家都坐下来，我们仨一起谈论我们度过的时光。有时我们挺开心，有时我们累得要命，一肚子火气，每一分钟都在考验彼此的耐心。

我们做晚饭。我们打发孩子去睡觉。例行公事就是这个样子，或者说，爱就是这个样子。

每年 8 月的第一个星期六，母亲和我就一起走过邮局和酒吧，走过小学和超市，一直走到车站，把郊区留在身后，乘上火车去伦敦。到了滑铁卢站，我们换乘地铁到汉普斯特德。那里宽阔的街道高高凌驾于城市之上，我们可以向下俯瞰。当外婆的房子跃入眼帘时，母亲和我总会发现她正在等着我们：她站在厨房窗前，穿着晚礼服，那是一条又长又蓬的半身裙，腰身收得很细，上面是高领衬衫，领口别着一枚浮雕饰针，头发打着密密的小卷儿，梧桐树的影子投在步道上，外婆就在那阴影中进出。这时我便会发觉母亲的手指握紧了我的手指，仿佛是怕我从她身边走丢。

一道铺着瓷砖的台阶从门前的小花园一直通往外婆家的大门。我们刚走到台阶上，外婆就已经在大门口迎接了。她会走上前，轮流搂住我们的肩膀，然后给我们一人两个吻，那吻不偏不倚地落在两侧脸颊上。然后我就会被领到楼上，带着我的手提箱，来到 K 博士为我保留的小房间里。为了方便我每次来暂住，她会为我把这个小房间保留上十一个月。小房间位于阁楼，需要通过一段狭窄的楼梯才能到达。楼梯抬升得相当突兀，与这所房子的其他部分都格格不入，而楼梯口就藏在 K 博士卧室对面的一扇黄铜把手的门后面。小房间里有股气味，闻起来和楼下其他房间不太一样，像是放了太久的羊毛的霉味。通常，只要一关上我身后那扇楼梯间的门，我就仿佛已经把整所房子都隔离在了外面，置身于一个完全独立的、只属于我自己的空间。一入夜，这种遗世独立的感受就让我很受用，每走上一级台阶，我身上的压力就又散去了一点儿。这个小房间缺乏房子的其他部分所具备的矜持美，正是那种矜持美使它们看起来像个舞台布景，而小房间就不一样了，家具都破破旧旧的，一张离地很高的铁床架，床垫上盖着一床拼布被子；一把有天鹅绒软垫的扶手椅，褪了色，划痕密布；还有一座胡桃木贴面的五斗橱。天窗有两扇窗格，从那儿望出去，越过屋顶，越过花园，可以一直望到远处的荒野；在天窗两侧，屋里刷成白色的天花板倾斜着伸向地板，地板上重重叠叠地铺着好几块地毯，有些地方连绒毛都磨光了，露出底下苍白的纱线。我依然很爱这个小房间，有时候，我期望自己还能回到它的怀抱，再次体会那种遗世独立的感觉。在我出生前，它曾是母亲的房间，在那架向正西方倾斜了十五度的白漆书架上，仍然摆满了曾经属于她的书。有时候，一翻开那些书，里面夹着的纸片就纷纷扬扬地掉出来，飘向地板，最后轻柔地落到地毯上的旋涡形花纹中间，无序的单词表，从长信中剪下的电话号码、地址，有的甚至干脆一整页都截下来了，还有对不知什么地方的描述，为不知什么好事而写的贺词。我会把它们一一捡起来，拿在手里，试着把收信人和我的母亲联系起来——母亲，她已经不折不扣地长大成人了，实实在在的，毋庸置疑的。我只得用眼角余光捕捉无可避免终将到来的成年生活的轮廓，它在泛黄的墙壁上摇曳不定，是夕阳投下的长长的阴影。

我把行李打开，把自己的书都摆到书架上，就放在母亲的书旁边，再把衣服都收进五斗橱的抽屉里，把睡衣铺在枕头上，然后我就回到楼下，K 博士在餐桌边剪着红花菜豆，母亲则在起居室，笔挺地坐在扶手椅上，身旁的小桌上放着一杯金汤力[1]和一碗炸薯片。

“行李都放好了？”

她会这样问，以及：“手洗了吗？”

我回答两样都做好了，她就会让我去找外婆，问问外婆要不要帮忙。可是，我慢吞吞走进厨房，按她教的那样问完，外婆总是会叫我不要碍手碍脚的。于是，头几个晚上，我往往都搞不清自己应该待在哪儿，只好坐在外面的门厅里，蜷缩在楼梯最底层的台阶上，听着从厨房门里传出来的收音机的声响，一起飘出的还有厨房里的蒜香。

整整三天，我们仨一直处于很不自在的微妙状态。每天早

---

1 一种鸡尾酒，用杜松子酒（又名金酒）和奎宁水（又名汤力水）调配而成，故名金汤力。

晨，我下楼到厨房里，总会看见 K 博士站在那儿，她已经从面包店买来了新鲜的羊角面包，掰开涂好了果酱，放在托盘上，外加一小壶咖啡和一大壶牛奶，端到楼上给母亲当早饭。她不许我去母亲的房间里找母亲。我的早饭得自己在厨房里吃。按照 K 博士的要求，我只能一直待在楼下，等母亲穿好衣服下来。接着，K 博士会给我分配家务，让我把报纸铺在餐桌上，花整个早晨清理烛台。我的手指被罐子里巴素擦铜水的湿棉球染得黑乎乎的，而母亲在外面的花园里铺了一块地垫躺着看书。午饭后，母亲被 K 博士送回房间去休息，我则被赶到屋外那片荒野上去玩。当时，我觉得外婆太过分了，她不由分说地把母亲和我隔绝开来，对我们是一种侵犯，母亲肯定也是因为不得不让步才会变得病恹恹的。我会这么想，是因为我理所当然地认为母亲也和我一样痛恨被隔绝。直到现在，我才看出究竟是怎么回事：外婆只会用那种方式来照顾人，母亲也只会以那种方式被外婆照顾，当所有人都假装在各干各的，某种交流也正无声无息地进行。可我当时却不遗余力地破坏那段时光。一逮着机会，我就从外婆要求我干的那堆家务里溜号，跑到花园里，躺在母亲身边的地垫上，手里揪着草根，心里知道现在我赢了，这一天剩下的时间我都可以和母亲待在一起了。K 博士就会走到花园里来，一边用手抚平裙子上的皱褶，一边告诉我必须回屋去。

“就让她待着吧。”母亲会这样说，用双臂环抱着我。我凭借孩子特有的那份果断的残忍，逼着母亲做出了选择。而且，仿佛是为了强调她所作的决定多么强有力，每逢这种如获新生的下午，我们就会出去玩，去汉普斯特德村里逛那些粉刷得很明艳的店铺，她还会给我买东西——上等细棉布的连衣裙，只能手洗的羊毛开衫，颜色鲜亮的凉鞋，竹骨架的日本纸风筝，柔软到让人无从下手的毛绒娃娃，这些华而不实的东西，与其说值得拥有，还不如说更适合放在那儿让人垂涎。然后我就把满载战利品的袋子抱在胸前，我们一块儿坐在街头咖啡馆喝柠檬水。我想，这就是我与她之间最亲近的时刻；可我又觉得，尽管我赢得了这个亲密的机会，但有某种一直保护着我的东西也被破坏掉了。对母亲来说，“爱”与“行动”并无二致。多年以来，她始终用行动贯彻着这样一个论点：我们的存在和冰山是不一样的，冰山有十分之九都隐藏着，可见的部分只不过是一个可怜巴巴的线索，暗示着深藏其下的巨大体量；而我们的存在却是所见即所得的表象，沿着彼此相交的平面延展开来。母亲与我终于能够独处了，可是我们之间原本稳固而确凿的位置关系也被别的东西取代了。当我抱着大包小包坐在伦敦城的高处时，我怅然若失。

在母亲刚病倒的时候，我总认为，到她临终前的某个时刻，横亘在我们之间的隔阂肯定会被打破，反正它再也没有存在的必要了；随后，真实的一面就会满溢出来，或如涓滴细流，或如滔滔潮水，终将没过我们，将我们洗刷得一尘不染。我总认为，到那时我就可以触碰到她生命中的某些事，在我整个童年时代，那些事都被严密地隔绝在我的外围。从来没有人向我提及过那些事，但我能感觉到它们的存在，它们始终萦绕在我四周。我就好比一个陌生的访客，走进了一所房子，其中有一半的房间我都进不去，自然也看不到里面是什么样子；但我觉得，我早晚会有办法进去的，那些房间里一定收容着无数私人旧物，留存着无数陈年往事，它们会让人变得和它们一样脆弱。我总觉得，到最后，我肯定会得到所有往事的知情权，就像我会得到其他东西的所有权一样：房子也好，花园也罢——只不过是合法性的问题，需要走一下继承的流程，不管我想不想要，反正都会归我。

然而，在最后漫长的几个月里，重病的她需要我照顾，我们不得不保持极端密切的肢体接触，以至于再也没有给精神接触留下任何空间——眼下就已经焦头烂额，哪还有余裕去顾及往事？我得耗尽全部心神去维持一副好脾气，按捺住伤害她的冲动，因为每当我被折腾得脆弱不堪，一种伤害她的冲动就不期而至。我也不想这样，但我无计可施。到了那种时候，我们实在没有掏心窝子的精力了。我们之间仅有的最接近“启示”

的时刻，就要数在汉普斯特德度过的那些午后了。只有那时候，母亲会谈起她自己，就像在谈别人的事似的。在她口中，自己就是个靠投机取巧过日子的人。她也会谈起K博士，于是，有时我也能窥见原本无从理解的真相：她们并不是我想象中的那种成年人。我想象中，成年人应该都是一个“已完成”的实体。但实际上，她们都还在成长中，她们也是一对血肉相连的母女。

有一回，我们喝完柠檬水，结了账，带着那些奢侈得让我们怪不好意思的购物战利品，慢慢向K博士的房子走去。母亲告诉我，她小时候，每天早晨都坐在汉普斯特德的厨房里那张磨砂桌子旁边，面对面包屑、果酱罐和喝空了的茶杯，外婆总是问她做了什么梦，要求她巨细无遗地说出梦境的细节。就因为这样，她五六岁的时候就已经不再做梦了。后来，我情愿她没告诉过我这些事。只要一想到母亲还是个孩子的时候就像丢掉果皮纸屑一样丢掉了她的梦，我就不寒而栗。整个晚上我都一言不发，晚饭的时候用一种忏悔般的姿势头也不抬地对着我的餐盘，最后外婆说我肯定是病了，让我上床去。我躺着，一整夜都痛苦得难以名状。我的睡衣外面多套了一件毛衣，肩上盖着一条从五斗橱底翻出来的备用毛毯。我心里想着：到底有多少知识是靠轻率地对他人的人生施加暴行而得来的？

母亲只待三天就离开了。我留在K博士家，母亲就可以重新和父亲过上二人世界，竭力修复他们的感情。头几年是这样。后来他们彻底分开了，于是母亲把我留下独自离开的目的就变成了治疗情伤。每次她一走，我的内疚感就轻了许多，像是放下了身上扛的一块大石头。我本来就理解不了那些错综复杂的感情纠葛，现在我终于解脱出来了，感到自己一身轻松，仿佛奔向了一片开阔的水域。那个月剩下的时间里，我都和K博士单独待在一起，大部分时间由我自己支配，十分自在。K博士整天都在工作。我学会了处处随手关门，从厨房和书房通往她诊疗室的走廊上不留下我的任何私人物品。我还学会在每个钟头的五十五分到下个钟头的五分之间都缩到房子深处不出来，因为那十分钟里会有一位病人离开，还会有下一位病人进来。我坐在楼梯拐弯处，这样就能听见两个身影交错而过的声音。我听着病人们踩在走廊地板上的脚步声，猜测他们究竟有着怎样困惑难解的人生。有时天很热，窗户开着，清晰的说话声传过来，在房里的墙壁之间回荡，偶尔我会被啜泣或吼叫的声音吓一跳，很快，它的回声便消失在夏日花园的凝滞空气之中。

每当新的一天开始，我们把早饭桌收拾干净，地板打扫完毕，把门厅桌上的文件竖直摆好，再把挂在上方的镜子也擦得一尘不染；细枝末节都得照料到，因为这所房子的底层已经从居住区变成了一个陌生人付费的避难所。K博士会在她诊疗室的门上挂一个复合板做的牌子，上面用又大又黑的正式字体写着:“正在诊疗中”。我跟K博士说没必要这样做，就算不挂我也不会去打扰她的。而她回答说，挂牌子并不是为了我，大多数时候这所房子里没有其他人，她也照样挂着。毋宁说，这是精神分析仪式的一部分，是对契约的正式确认，那些病人怀着我难以想象的期待和焦虑，每周锲而不舍地爬楼梯来见她五六回，她需要保证自己在病人预约好的时间段中是绝对心无旁骛的。K博士总是乐于把她的工作原理解释给我听，无比认真地对待我随口提出的问题。只要我开口问，她就会把我当作一个准成年人，特意停下手头的工作跟我说话。我受宠若惊，努力集中注意力。可我很难听懂她的话，所以很难不跑神。我会眯起眼睛尽力捕捉她的言语,但它们总是像风一样从我耳旁溜走。我从不怀疑她说的话。那时，我以为“知识”和“事实”是同义词——“理解”必然意味着“确定”，一个人但凡知道什么，那肯定就是真的知道。我自己也十分期待这种确定性，把它当作成年人都会具备的能力。我以为，等我长成了大人，我自然也会得到它。

每天的大部分时间都由我自己安排，而我几乎把时间都花在阅读上。我对书本全神贯注，通过文字全情沉浸在思考中，如果这就是幸福的话，那么我很幸福。每天傍晚，当K博士的最后一位病人离开，她就会来找我。只有这个时候，我才获准进入她的诊疗室：每天晚饭前的半个小时，我们一起坐在窗前面对面摆放的两张扶手椅里。诊疗室很大，这里的窗户和起居室的窗户一样都可以看到花园的景致。不管天多么热，这里似乎永远阴凉，伴有一种沉重的、难以穿透的寂静，后来，这种寂静总让我联想起国民信托基金：它被精心地安排、精准地设定，可人们怎么也用不上它——这间屋子与它一样，具备一种从未被触碰的静谧感。地板刷了石灰，苍白而洁净，大部分都被红紫相间的波斯地毯覆盖。房间的三面墙，从地板直到离天花板一英尺的地方全是书架，放满了 K 博士的精神分析类书籍。除了我和 K 博士所坐的两把椅子之外，仅有的家具是一张写字台和一张长沙发，又长又矮的天鹅绒软垫沙发已经褪成了淡淡的绿褐色，像一个幽暗的池塘。这张沙发的靠背很低，一头堆满了靠垫，她不准我坐它，因为它被“某种东西”浸透了。我揣摩着 K 博士谈及它的口气，觉得她指的应该是一种负面的、神秘的冲动，诱导着沙发上的人进行长时间失控的宣泄。然而，我反而对它产生了强烈的兴趣。我试着想象自己也躺在沙发上，脸色苍白，饱受困扰，话语像灌木果实缓慢地生长一样艰难地从唇间吐露——多么富有戏剧性啊。可我又觉得，要是我真的坐在上面，肯定会很尴尬，话也说不出来，浑身不自在；一想到我要躺在那里，被人盯着看，我就会产生溺水般的恐慌。有时候 K 博士会上面包店去，每周三晚上她还会到对面顶楼的老钢琴家那儿去打桥牌，她离开家之后，我就可以赤脚站在诊疗室紧闭的门前，然后鼓起勇气走进去，一边给自己打气一边挨近沙发，慢慢朝它坐下去。不过，就算我真的这样做过，那我也完全没印象了。我也不知道 K 博士死后那张沙发怎么样了。我猜想，如果能卖得掉的话，母亲应该已经把它卖掉了，因为所有的书也都一样被卖掉了，母亲并不缺那点钱，她只是向来务实，不喜浪费；要是卖不掉，那她应该是把它扔了，就像她扔了诊疗室里厚厚的地毯一样。外婆葬礼次日，相关的流程都走完了，母亲和我都沉浸在孤独的真空中，想要随便做点事来分散心神。我们合力掀起地毯的一角，却发现上头布满了无数的飞蛾，它们受到惊扰，成群结队地飞了起来，而地毯瞬间碎裂，在我们掌中化为了尘土。

每天的晚饭由 K 博士和我一起做，她照看炉子，我在厨房桌上切土豆或者洋葱，用来拌沙拉。但是，在 K 博士完成一天的工作之后，在做晚饭之前，我们得先在诊疗室一起度过半个小时。我们总是面对面坐着，诊疗室敞着的窗外传来嗡嗡的车声，好多车子沿着哈弗斯托克山爬上来，车声中还夹杂着人声，人们自由自在地奔向荒野的开阔地带。可是我们坐得这么近，离那些人那么远，外面那些声音传到我们耳中，仿佛隔着层层叠叠的布帛。我们一起坐着，外婆一直保持静静聆听的姿态，她坐得笔挺，一动不动，脚踝交叉，双手放在膝盖上，双眼凝视着我；而我坐立不安，老想偷看她手腕内侧的手表表盘，瞧瞧到底几点了，又怕被她发觉。她并非面无表情，但脸上也看不出任何特别的情绪。她给人的感觉并不是在等待着什么，因为“等待”也就意味着“期待”；她更像是处于一种单纯的“预备好了”的状态，可以说点什么，也可以维持现状。我们就这么沉默地对坐着，等待门厅里的落地大摆钟敲响七下，那时我们就自由了。在我们的椅子之间，宽宽的窗台上放着一对玻璃杯，一杯是K博士的杜松子酒，一杯是我的柠檬水，柠檬水因为加了安格斯图拉苦味酒，被染成了棕色。玻璃杯的外侧冒着汗，杯中的冰块在凉森森的房间里缓慢地融化着。按K博士的说法，这两杯饮料也是一种象征，表明我们并没有在进行诊疗，就像我们没有动用那张沙发，门外也没有挂那个牌子一样，全都是象征。她说，我们并没有在做什么精神分析。她一再强调，所有这些象征都是为了她，并非为了我，因为这是她自己长期固守的规矩。她说，与其说这是精神分析，不如说这是我们之间交谈的机会——仅仅是交谈，不存在什么调解或者指导。这是一个反思的机会。她告诉我，要是不作反思，要是没有能力对生活进行回溯并从中总结出教训，我们就会缺乏深谋远虑，只会不动脑子地凭借本能法则去做事，跟动物没什么两样；要是不作反思，我们的行为就只是根据事物的表象随便给出反应，根本就算不上“自主决定”。那我们就将自己置于精神失衡的危险中了。她说，交谈有助于我们进行反思——其实，K 博士跟我说的大多数话，我起先是听不懂，后来干脆产生了怀疑。可是，尽管如此，现在我还是回想起了她说过的话。我想，要是母亲去世后我在迷茫孤独的几个月里能够记起这些话就好了。因为在那段日子里，我脑海中的念头总是飘忽不定、肆意蔓延，我既甩不掉又抓不住，要是那时候我记起了外婆的话，或许能好受一点儿。

当时，每天傍晚和外婆的“交谈”都让我很不舒服，她也知道这一点，但她说，我不舒服恰恰表明我们正在干一件很有意义的事情，本来就是要找到这种不舒服的感觉，就是要跟着这种不舒服的感觉走。大多数时候，我只是觉得坐在这里有点儿无聊，但也有时候，我觉得自己上了她的当。就算我保持沉默，也没法保护我自己。因为 K 博士不光能从我的话语中发现意义，也能从我的沉默中发现意义，任何试图隐瞒的行为本身就具有启发性。在 K 博士慈悲目光的久久凝视下，我的躯壳非但当不成思想的遮羞布，反而将思想出卖给了她。我真希望压根别来什么诊疗室，我们还不如直接去做晚饭，站在一块儿，轻松地做个伴儿，有一搭没一搭地随便聊聊，聊我正在读什么书，聊我看见了什么东西，聊聊 K 博士的朋友们，聊聊她久远的童年回忆——其实她的童年对当时还很幼小的我来说就已经是遥不可及的往事了，对现在的我而言只会更甚。我总觉得，在那种情况下，只需要扯些不相干的闲话，其中重要的东西就会不言自明。可是最近，我发现自己竟然也重拾了 K 博士的行为习惯。每天晚上女儿睡着以后，约翰尼斯和我都累得人仰马翻，怎么也回不到从前那种井然有序的生活状态，于是我们就会一起坐上半个小时。有时什么也不说，有时随意说一两句，让彼此的思绪能得到舒缓。我们实在太累了，而且彼此已不再有新鲜感，隔阂难免会日渐滋生。对坐仿佛是一种亲密的仪式，我们借此将隔阂弥合起来。虽然我们不是在做忏悔，谁也不是神父，谁也不是忏悔者，但这种仪式依然算是一种自我剖白。每次仪式进行完之后，我们都觉得好受多了。

K 博士的论点是这样的：精神分析学的主要工作内容，其实也就是分析师和被分析者的日常面谈，这种面谈与其说是直接把一个人剖析清楚，还不如说是一种技术教学，人一旦学会这门技术，就可以自己练习如何剖析自己了。她说，我们完全可以把分析当成一种“整理”，“整理”会让我们与死后的生理秩序发生精神上的关联，就好比打开一个包裹，把里头的工艺品拿出来，统统放在一块带花纹的波斯地毯上，然后一件一件进行详细的登记和评估；等到盘点完毕，再把这些东西重新收拾起来，于是，它们被打理得整整齐齐，它们彼此之间的关系也被梳理得明明白白。但是，她又说，思想经过整理，往往会变成一团乱麻，所有东西都被翻出来，随随便便地堆在上面，越堆越高，很快变得不可收拾，结果还是跟整理之前一样乱糟糟。

“人经常犯这种错误，” K 博士对我说，她的手从膝盖上微微抬起，做出一种强调的姿势，我想她当时肯定是有意的，“人们经常错误地把分析的过程想得这么消极。”

在诸如此类的交谈中，如果说我也算参与者的话，那我也只是个不情不愿的参与者；就算我开口提问，也都是被外婆诱导着问的。我们的此类交谈并不是在诊疗室里发生的，因为在诊疗室里，我还可以自主决定要不要开口，只要我不愿意开口，她就无法勉强我。可是事实上，这样的交谈发生在我们共度的岁月中的各个角落：比如星期天的下午，要是天气很热，我们就来到室外的草坪，K 博士坐在一把柳条椅上，我坐在她跟前的草地上；又比如晚上，在她卧室隔壁的小书房里那台棕色的木壳电视机上看完电视剧或纪录片之后。一直要到她病得没法再上下楼，也没法再和我共度夜晚的时光，我们才停止了这样的交谈。K 博士告诉我，分析师并不像导游那样能带领客户在心灵中巨大的拱顶回廊间穿行；分析师的职责也不是指出阴影所在，而是应该对阴影的发生机制给出指导意见。她告诉我，分析师的职责只不过是……每年夏天，她的措辞都不一样，正如每年夏天，攀援在花园篱笆上的苹果树枝丫都更长一点儿，我搭在沙发上的双腿也会更长一点儿——她会说，分析师的职责其实是：当人获得了必要的技能，可以探索自身、整理自己的思维、理解其中的内容之后，人就可以做自己该做的事，让自己的行为更有意义；这样一来，人就能透彻地看清楚自己了。她说，这就是她名字最初的意义，她从很年轻的时候就开始用这个名字了,顶着这个名字她就不至于为自己的做法感到尴尬，而且从那以后，她也一直用这个名字来保持自身的信念：她将自己作为自己毕生的分析对象，在这个案例中，她既是分析师，又是被分析者，她数十年如一日地致力于剥开由错综复杂的欲望交织而成的外壳，过一种充满自主意识的人生。她不想靠蒙昧的想法和潜藏的动机来引导自己的人生，她要用剖析得一清二楚的“自我”来引导自己的人生。每天早晨，她的第一个顾客就是她自己，整整五十分钟，她都坐在诊疗室的办公桌前往一本大大的皮革面笔记本上写东西，把前一天发生的事情以及她做出的反应，还有她的梦境、她的遐思……事无巨细地记录下来。接着，她会把自己写下来的东西通读一遍，加以注解。她对其他病人会怎样解释这一切，她就用同样的方法来解释她自己。她说，想要自我分析，倒也并不是非写这种日记不可，但她发现这不失为一种有用的方法，一种让大脑专心致志的方法，就像祈祷的时候总要拨弄念珠一样。在我十岁左右的某个夏天，我试图靠模仿大人来洗脱孩子气，于是有那么一阵子，我也学着外婆写日记。一个星期六的午后，我们一起来到山脚下的书店，外婆给我买了一个笔记本，和她用的一样，只是小一点儿。她还给我配了一支好钢笔。回到她家，我们合力把一张小桌子抬到我的卧室窗前，还在它前头放了一把小小的圈椅。我把笔记本放到桌上，把笔放在旁边。第二天早上，吃过早饭，外婆去了她的诊疗室，我就坐在那张小桌旁开始抓耳挠腮地写东西。约莫花了十分钟，我就列出了前一天做过的所有事情，还竭尽所能地思考了一下这些事情的意义。屋顶的天窗开着，我能听到鸽子在屋顶上筑巢，听到了沙沙响，也听到了咕咕叫。我在当天日记的最下面画了一个女巫。又过了一会儿，我爬到桌上，脑袋伸出窗外，看看从这儿能不能看到楼下房客的秃脑袋，我看见他正站在玫瑰花坛前头，手里拎着一把剪枝钳。

到了午饭时间，当我们坐在厨房里吃火腿三明治的时候，一股自矜自重的情绪在我胸中涌动，我一直在等 K 博士问我写得怎么样了。其实，好不容易写完乏味的日记以后，整整一上午我都在想象当她问起我的日记时我该怎样回答。比起写日记本身，我更在意的是“我现在已经是个有日记的人了”，所以我急切地渴望能有机会强调一下这件事。可是 K 博士连提都没有提。哪怕到了第二天早晨，我们收拾完早饭桌，我大声宣布我要回房去写作，然后一脚跨上楼梯，一边回过头来看着她，她也只是点了点头。这一切至今仍让我感到困惑，K博士对隐私这个词有着独特的看法，她认为，我所有的思想和行为，我隐藏的欲望，荡漾在我的脸上的内心的涟漪，都仅仅是症状而已。是症状就需要“检查”，而“检查”才是神圣不可侵犯的。

写日记这件事是很难坚持的，但在那个月剩下的时间里，每天早晨我还是坚持不懈地回到窗前的那张小桌子跟前，继续写我的日记。

暑假结束后，我回到自己家，让母亲把储藏室里积攒多年的杂物清理掉，给我腾出一块地方。我在里面放了一把椅子，还有一张旧写字台，那是我缠着母亲从旧货店里买来的。我还做了一块牌子钉在门上。事到如今，我不禁猜想，我当年的行为是不是在装腔作势呢？是不是一种企图和K博士结盟的试探呢？也许，正是从那一年开始，虽然我还不明白母亲和外婆分居的原因，至少我已经学会接受她们分居的事实。虽然母亲被我弄得很不耐烦，但她还是按我的要求做完了这一切，什么也没说，什么也没问，可见她还是很有耐心的。就算她感到不耐烦，那也是情有可原的，因为起初每天早晨上学前我都会到储藏室里去，挂起牌子，关上门，自我感觉良好，但是很快，那种美滋滋的感觉就消磨殆尽了，我又找到了别的乐子。储藏室慢慢又变回了堆放七零八碎家用杂物的地方，什么熨衣板、菜篮子、备用床单、破了没补的外套、缺胳膊短腿的椅子——全是用不上又扔不掉的东西，反正只要把储藏室门一关，我们就能骗自己说家里还是井井有条的。直到多年以后，母亲去世了，我把这间储藏室彻彻底底收拾了一遍，从厚厚的浮尘下挖出一件又一件半废弃状态的东西，由于太久没有用过，每一件东西都已经不成样子。我在储藏室深处发现了那张写字台，上面还放着那本皮革面的笔记本，放得端端正正，钢笔就躺在它旁边，与它平行。笔记本被我留了下来，没有扔进垃圾车。因为我觉得它就是我的一部分，像个退化了的器官，依然与我密不可分。我想，此刻它应该就在屋里的某个地方，虽然我说不上来到底在哪儿。它是一座大厦，但却填满了淤泥；它是我的遗骸，一具书面形式的遗骸；它也是一个储藏室，留待我的孩子们将来收拾。至于外婆的笔记本，当她发现自己时日无多的时候就被她销毁了。每天下午，她要花上一个小时，趁午睡之后、服药之前，有条不紊地把它们填进碎纸机。她说过，它们只是她用来分析的工具而不是结果，至于什么是结果，那就见仁见智了，要么是她四十多年来为了解释和捍卫她的工作项目和工作方法而撰写的文章，要么，就是她的人生本身——就像蚯蚓身后拖着长长的虫迹，日记也只不过是她的人生拖出的“虫迹”——然而，不管怎么说，她的人生经历，她的内心生活，她为之付出了那么多年辛苦的工作，就那样在转瞬间化为乌有了。

自从母亲告诉我她已经不会做梦之后，我也开始失眠了。不管在自己家的卧室里，还是暑假在K博士家的阁楼上，我本该入睡，却怎么也睡不着，并不是每晚都这样，大概半个月会有一两回。部分原因是我刻意关注自己的睡眠状况，结果反而睡不着了——我闭着眼睛躺着，想着母亲，想着她无梦的睡眠，留神自己究竟会从哪个节点开始做梦。但还有一部分原因是：失眠也就意味着要在一片漆黑之中度过半梦半醒的几个小时，这种从未有过的感觉实在让我着迷不已。明白了这个事实以后，我就把失眠当作一件稀罕物件收藏着，在孤独的夜晚把它拿出来，摆弄来摆弄去，试图弄明白它的意思——这是我拥有的唯一一件与母亲无关的东西。要是我在自己家里失眠，那么次日早晨我便会坐在厨房一角的高脚凳上，校服扣子扣了一半，困得不行。我看着母亲把面包塞进烤面包机，把水壶坐到炉子上，从碗柜高高的架子上取下一罐果酱——之所以把它放那么高，是因为我曾经趁她不注意把手指伸进果酱罐子里。这时，我总感觉，尽管我熟悉她的一切动作，尽管我知道她有多少种表情，尽管我清楚她会对我做些什么反应，但我眼前的这个女人其实是个陌生人。当然这并不是真的。事实是我很了解我的母亲，因为，归根结底，我们就是我们共度时光的总和，是我们彼此互动的总和。若非如此，那我们又是什么东西呢？对表象之下的东西投去一瞥，正如对皮囊之下的骨架投去一瞥。那一瞥并不会破坏我们对皮囊的认识，只会让我们更了解皮囊的来龙去脉，了解它的起伏，它的皱褶，它的缺陷。

那年夏天很特别。就在运动会之后、法语考试之前的某一天，我的父亲到底还是走了。他这个人一向神龙见首不见尾，就算他在也跟不在没什么两样，现在，他彻底离开了。父亲和母亲并肩坐在起居室里，把他们已经分开这件事告诉我。原来他们已经分开了？我居然根本就没注意到——我只觉得，现在我们仨居然同时坐在一间房里，这可真稀罕。后来，母亲走进我的卧室，问我还有什么想知道的没有，可我什么也说不上来。似乎什么也没发生，日子都还和以前一样过。学期结束了，长假开始了。父亲毫无预兆地来了又走了，所以，我只能像从前一样，尽量做出若无其事的样子，假装自己早就习惯了他不在身边。

那几个星期，母亲要上班，我就从一个小朋友家晃到另一个小朋友家；再后来，我打包好了行李，母亲带我去 K 博士家。母亲也会留在那里度过整个周末。要是 K 博士不像以往那样拼命隔离我们，要是我能有更多时间坐在母亲身边，那么我几乎都想不起某人丢下了我们。之后，母亲就离开了，留下我一个人跟外婆、那所房子、那片荒野待在一起。那年的天气不怎么样，阴沉沉，潮乎乎，每天下午我爬上国会山的山顶，总能看见一团污浊不堪的雾霾像胞衣似的裹住了整座城市的东部。抑或，这只是回忆向我耍了一个花招，只是为了凸显戏剧性而脑补出来的，就像电影为了烘托情绪总会添上相应的背景一样。我变得容易走神，容易烦躁，我几乎控制不了自己的心情：倒也并非很难过，但一点芝麻小事就能毫无预兆地让我低落下来。头一个星期快结束的时候，晚上我坐在 K 博士的诊疗室里淌眼泪，因为没能跟父亲通成电话。其实这也挺正常。他又不知道我会打电话去，当然也就没理由守在电话机旁。何况我只是一时心血来潮才拨了他的号码，并没有什么话要对他说。尽管如此，可我仍然为找不到他而难受，就像某个伤口忽然撕裂了。K 博士倒来了饮料，我们像往常一样在椅子上坐下。可是，身在这间熟悉而舒适的房间里，我仍然觉得自己像个弃儿，我想回家，还想母亲，或者说，我想念母亲会为安慰我而做的一切。我难过的时候，她会像我发烧或者擦破皮的时候一样照料我：让我洗热水澡，给我喝热牛奶，然后亲亲我。她用这些简简单单的办法来处理悲伤，把悲伤仅仅当作一个事实来看待，而不需要一个已经受了伤的人作出任何解释。

K 博士说："我们得谈谈这些事，这很重要。"

我记得当母亲问我对父亲的离开有什么感觉时，她什么套话也没有说，但我们都能感觉到周身被错综复杂的东西包围着。她和我就像一场海难的幸存者，静静地依偎着，坐在我的床边，周围全是失事船只的残骸。就算我有任何超出纯逻辑的问题，我知道，最好还是不要问。

K 博士说："能把你的感受说给我听吗？"

我在 K 博士对面的椅子上蜷缩着，就好像身体前面或者侧面的某处受了伤，我得护着伤口。眼泪止不住地从脸上掉下来，打湿了我裤子的膝盖部分。我闭上眼睛，这样我就不用去看表象之下的任何东西。

K 博士说："有时候，我们会觉得不该冲自己所爱的人生气，于是，我们就把怒气发泄在别的地方。

"我们就会自以为是在冲别人生气。"

妈妈说话的时候会握住了我的手。

K 博士说："我们也可能会非常难过。"

我与 K 博士的座位之间隔着一片空无一物的地毯。她的话穿过地毯上方的空气传进我耳中。然而，尽管交谈这件事本身隐含着种种希望，但我们并没有触碰对方，我也没有得到任何安慰。

大学最后一年，某天晚上我坐在自己房间里，连续第三个晚上吃着不怎么样的蔬菜咖喱，因为怕冷，脚上穿了两双袜子。窗外小礼拜堂的灯火在暗夜中闪耀着，一如既往地让我感到内心平和，微微有些愉快，也有些失落。我第一次读到了弗洛伊德对一个四岁小男孩的精神分析，那孩子叫小汉斯。

在外婆家度过的每一个 8 月，除了阅读以外我几乎什么也不干，因为除了荒野以外根本没有地方可去，我也没有任何朋友住在附近；而且，我或多或少有权翻阅她家里的书，我可以随意从书架上拿书看。但是尽管如此，我却从来没有读过任何精神分析方面的书。所有跟外婆的工作有关的书都被她收在了诊疗室里。尽管并没有严格禁止我去看，可是，当她坐在那里看着我的时候，我也没法像在她家挑其他书看一样自在地用手指一本本摸过那些书的书脊，寻找自己感兴趣的内容。即使到了很久以后的今天，只要我一想到外婆会对此作出什么反应，她会怎样狂热地抓住这个向我说教的机会，我就立即下意识地确信：绝对不能让外婆进入我的思想，在这方面她给她自己的权限已经够多的了。在她死后，那些书都不见了。我正处于没心没肺的青春期，有很长一段时间，我没有想过外婆，也没有想过从前，只想着我自己，想着我该怎样继续生活下去。不过，此时此刻，当我读着几十年前生硬翻译过来的弗洛伊德案例研究，童年忽然像一张地图在我四周铺展开来，而我即将掌握其中的关窍。随后的几天中，我始终有点儿心不在焉，就像是离开了某个地方、找不到回去的路。无论我是走在上学路上，还是到图书馆去，还是坐在大学的小酒吧里喝淡咖啡，我的脑海中始终都有一个名字挥之不去——赫伯特·格拉夫。弗洛伊德将他化名为小汉斯。当时，赫伯特只有四岁零九个月大，因为看见一匹马摔倒在街上，他吓坏了，躲在家里不肯出去。对小汉斯的分析主要是由他父亲马克斯·格拉夫[1]进行的，弗洛伊德通过书信提供支持——弗洛伊德一直鼓励他的追随者们：要是有年幼的孩子，就观察并汇报孩子的发展情况。弗洛伊德想用这种方法对自己的儿童期性理论进行核实。于是，针对赫伯特的分析就此展开了。在整个分析过程中，弗洛伊德本人只与赫伯特见过一次面，时间是 1908 年 3 月 30 日下午，他们三个人——赫伯特，赫伯特的父亲，还有尊敬的弗洛伊德博士，一起来到弗洛伊德的诊疗室里，他们有点尴尬地坐在空沙发周围的椅子上，赫伯特小小的身体一动不动，略不自在。或许，那个时候,公寓里其他孩子自由玩闹的声音正隐隐传进屋子里来。赫伯特是个脾气很好又懂礼貌的小男孩，他总想讨好其他人，让别人满意，所以，哪怕他不太明白那些问题，他还是竭尽所能地回答着。弗洛伊德问他，他害怕的马戴不戴眼镜？他回答

1 弗洛伊德的学生。

说它们不戴。弗洛伊德又问他，父亲马克斯戴不戴眼镜？小男孩感到很困惑，但还是回答不戴。可这与事实相反。弗洛伊德又问他，他害怕的那些马的嘴巴周围都有一圈黑色，那是不是胡子呢？赫伯特把双手夹在两膝之间，回答说，恐怕是的。于是，这位杰出的教授告诉他，他害怕的并不是马。赫伯特的父亲认为可怕的动物代表了阴茎，赫伯特害怕的就是这个，但弗洛伊德对此并不赞同。弗洛伊德说，赫伯特害怕的就是他的父亲。而赫伯特才只有五岁，只因为看见一匹马跌倒，所以感到他小小世界的安全受到了威胁。他静静地坐着，想弄明白这是怎么回事。过去，不管他有多么恐惧，他的恐惧都是很单纯的，成年人可以轻而易举地保护他远离恐惧；可是现在，他却被迫用一种复杂的含义来取代单纯的恐惧——他被迫意识到自己的思想并不可靠，一样东西可以在我们眼皮子底下偷偷指代另一样东西。即使是现在，我仍然对赫伯特的心情感同身受：一个人被迫认识到自己是无知的，自己的主体性被剥夺一空——本以为自己踩的是坚实可靠的地面，本以为自己能够了解自己的想法，而今这一切都被剥夺了。我想象着赫伯特和父亲一起走回家的样子，他们快步穿过人来人往的马路，投向家的怀抱。可是，赫伯特的安全感像坚果一样被人打开，四分五裂，就因为有人想看看它是以什么机制长成这样的。他走在身为精神分析学家的父亲身旁，可父亲再也不能保护他远离恐惧，现在，父亲就是他恐惧的主题。我不禁想到：在他看来，这个世界变得多么单薄、多么脆弱啊——有些东西直到那天早晨都还坚实无比、可靠无疑，可是现在都变成了镜花水月。他们踩在看似稳固的路面上，可是在它的深处有某种微妙的变化在发生，并且悄悄蔓延开去。

母亲躺的并不是床，床单下面其实是一辆推车。她一侧的头发已经没有了，那里的头皮为了做手术而剥开过，剩下的头发因为反复化疗变得乱蓬蓬的，铺散在枕头上，像半个灰色的光环。我远远坐在房间另一头，把正在读的那本书摊在膝盖上。我问："你现在会做梦吗？"

她正处于病程的某个阶段：睡眠像是一块布，经纬之间越来越松，越来越散，她总是在有意识和无意识之间浮沉不定、随波逐流。我依然没有习惯她现在的这种状态。既然她不答话，我就觉得她大概是睡着了。可是，过了很久，我把书放在一边，把床单抚平，给她端来一杯饮料，拉上窗帘，把越来越深的夜色关在外面，她却说话了："我有时候会梦见你。有时候梦见你父亲。但是并没有……"她咳嗽起来，"并没有任何意义。"

接着她在床上辗转反侧，很快又陷入了昏睡。

赫伯特·格拉夫并不是唯一一个被亲生父亲当成分析对象的人。弗洛伊德本人也给他女儿安娜当过心理分析师，尽管当时她已经成年；荣格[1]和卡尔·亚伯拉罕[2]都对他们的孩子进行过分析，梅兰妮·克莱因[3]也是如此，她甚至还主张对所有的孩子进行预防性分析。第一次知道这些事的时候，尽管我的手指像偷窥狂的眼睛一样在大学图书馆的书籍索引中上下逡巡、寻找着例子，但实际上我无比震惊，我觉得这是对孩子们的严重侵犯，我无法理解他们这样做的动机，现在，我对赫伯特·格拉夫的怜悯之情分出了一部分，分给了他的父亲。

有时候，在树林里，我看着女儿不知疲倦地、不屈不挠地爬一棵树，那棵树上哪怕最低的一根树枝也比她高五倍；她细小的手指插进树皮的裂缝和节疤里，红色的惠灵顿长筒靴在粗糙的树皮上摩擦，企图寻找支点。我心中顿时涌起一股不自量力的保护欲，让我喘不过气来。如果说，我认为有一种方法可以让她过得比普通人更好，比如说，隐藏的动机被揭发会令人困扰，不堪的欲望会让人焦虑，而我自认为只要教会她明辨世事、剖析自己、看清一切，就可以让她少受这些苦楚——如果说，为了免得她以后还得自己摸索，我现在就可以把我的秘方传授给她，而且只要我这么做了，就相当于把幸福的秘诀教给

1 瑞士心理学家。

2 德国精神病学家。

3 奥地利儿童精神分析学家。

了她——那么，我一定会这样做的。如果到最后，事实证明她一点也不幸福，那又怎么能怪我呢？

约翰尼斯和我去过维多利亚与阿尔伯特博物馆以后，约莫又过了一个月，我们一起去了弗洛伊德博物馆。在那一个月间，我们见过几次面，有时喝酒，有时喝咖啡，其中某个周末我们沿着泰晤士河散了一天步，从库克姆村一直走到亨利镇，维持了一个星期的好天气已经结束，冬天又回来了，夹着雨点的刺骨寒风撕扯着番红花的花瓣和花蕾。真是又阴冷又潮湿，我们冻得瑟瑟发抖，艰难地保持微笑。我经常想他，每当夜幕降临，独自待在我的公寓里，听着其他人的动静从墙那边传过来，我就给他写很长很长的邮件，再把它们删改得很短很短，最后放弃发送。有时候，我都关灯准备睡觉了，电话会忽然响起，是他打来的。我们笨拙地聊起来（即便到现在，我们还是不太擅长打电话）。那时，我半裸着站在漆黑的公寓里，而他似乎是在聚会上，也可能是在酒吧里，又或者只是在一条繁忙的街上，他的声音从嘈杂的背景声中清晰地传出来，飘荡在我空荡荡的房间里。

“那么，晚安。”

“是的，我……晚安。”

去弗洛伊德博物馆是我的主意。去库克姆村则是他提出来的。

我想去那个博物馆已经想了好几年。但我也想在约翰尼斯面前表现得好一些，我想让他觉得我是一个更讨人喜欢的人：要不是因为母亲的死，要不是因为自那以后我就得了怪病，生活也陷入了混乱，那么我或许本来就会成为那样一个讨人喜欢的人吧。自从母亲和我在外婆的诊疗室里掀起波斯地毯、惊起一大群飞蛾之后，我就再也没去过汉普斯特德。但我仍然相信它在某种程度上是属于我的。我相信，它一定还像我离开它时那样等待着我。不过，当我从瑞士小屋站走出地铁，乘上年代久远的、带着黄铜配件和精致标牌的扶梯，抵达芬奇利路边，然后把熙熙攘攘的车流抛在身后，向右往汉普斯特德走，我却发现自己走错了路。其实这个地方不至于有太大的变化，可我几乎认不出来了。同样的树木生长在同样的人行道上，同样的房屋排列在两旁，高大的白色灰泥露台，门前有宽宽的台阶；还有一些是爱德华七世时期的豪宅，后面的花园里种植着木兰或无花果树,但是那些合围封闭起来的小世界都是属于私人的，我无权进入。外婆和她认识的所有人都已经不在了，没有人会认出我，也没有人记得我。

我拐向梅尔斯菲尔德花园路。正是在那里，流亡的弗洛伊德由女儿安娜照顾着度过了人生的最后几个月。我从窗户缝里看到高高的天花板、宽阔的壁炉、书架和油画，还有那种文雅有序的感觉，和外婆家一样的疏朗，一样的宁静。一阵失落感袭来，我忽然明白自己再也回不去了，记忆告诉我那样东西曾经属于我，但我已经被赶了出来。我没有想到会这样伤心。约翰尼斯找到我的时候，我双手插在口袋里，正在博物馆门口等他。我陷入了一种无法摆脱的阴郁情绪，而且也知道自己正在无理取闹，但火却越发越大。我怪他让我情绪失控。我觉得有什么东西隔在我们之间，我恨它。我觉得和他在一起真是浪费时间——就像我把许多个夜晚都浪费在发不出去的电子邮件上、浪费在幻想中的通话和真实发生的通话中一样。我想让他承担责任，但我其实知道这并不是他的错。他似乎也意识到我们之间脱了节。对于我连珠炮似的质问，他只作出简短而含糊的回答，他逃避我的目光，看向别处。我们肩并肩站在一起研究一张照片，我们的手碰到了一起，是他先避开了。西格蒙德·弗洛伊德的诊疗室里拦着许多条绳索，将参观者约束在房间中央一条狭窄的通道上。我们就站在那里，凝视着周围。这里的家具、桌椅、书籍和拥挤的古玩柜、带布帘和靠垫的沙发，都是从弗洛伊德一家在维也纳的旧居中带来的。1938 年春天，他们动用了一切能动用的资源，包括钱和人脉，展开了这场大规模的搬运。到达伦敦之后，他们仿照已经失去的家园，把所有东西按原样摆放好，几个月后，弗洛伊德去世，安娜选择将房子原封不动地保存下来。从此，这所房子日渐成为弗洛伊德的

“圣骨匣”，封存了他的神圣遗迹。

我看着这一切，努力去想外婆，可我做不到，所以我改想安娜：这里仿佛一座属于她父亲的纪念碑，她就在这座保存完好的碑中生活和工作了四十年，这里是一个静态的起点，没有挑战，无须考验。但这些想法只从我脑海里一闪而过，只有约翰尼斯还在我身边——我意识到他的存在，在我们之间的空气之中，仿佛闪烁着关于我们未来的不确定的画面。沿着华美的楼梯走到顶是一个平台，一张小桌和一把椅子摆在一扇长窗前，橡胶树的枝叶在窗前披挂下来。我想说，有一天，但愿我有一个这样的地方可以坐下歇歇。但就连这样的想法也好像太放肆了，所以我什么都没说，约翰尼斯也什么都没说。我们没有看对方，连呼吸都静悄悄的。在楼上，我发现了一张 20 世纪 70 年代末拍的照片，照片上是安娜老年时住的房间，靠墙的漆柜和书架体现着知识分子的身份，在这些家具之间有一把看上去很吓人的扶手椅，紧靠扶手椅的是一台电视机，和 K 博士那台一模一样。我想起，当外婆即将走到生命尽头时，她家里的一切都渐渐泄露出她的衰弱，电视机被搬到楼下，房间里摆放着豪华的电动躺椅。我意识到现在已经太迟了，她曾经那么热切地想教我的东西，我就算想学也已经来不及了，可我当时却想也不想就排斥她的做法——她只不过想教我看清，是什么东西潜藏在事物的外表之下、驱动着生命的运行，她只不过想叫我明白，我身体里的齿轮是如何咬合又如何转动，可我只说了一句：“我外婆有台跟它一样的电视机。”

可我还有那么多说不出来的东西。我的眼泪几乎夺眶而出。

我们走下楼梯，我让约翰尼斯走在我前面。他先进了纪念品商店，而我在一张弗洛伊德父女俩的照片前站了几分钟。那张照片拍摄于1913年，差不多就是在那个时候，弗洛伊德第一次发现女儿安娜可以成为他出色的继承人。她不再是一个让他操心的小女儿，而是一个有潜力的代理人，不仅能接手他的研究，还能让他的研究永垂不朽。照片中，他们在草坪散步，那草生得矮矮的，保养得不怎么样；在他们身后几码远的地方长着一种灌木，照片模糊，难以辨认究竟是什么植物。弗洛伊德戴着帽子，安娜落后他半步，手搭在他的肘弯，紧身连衣裙外头罩着一条白围裙。他们在阳光下微微眯着眼睛，任谁都能一眼看出他们那种毫不设防的亲密，我站在那里，盯着那幅挂得太低的画，仿佛触到了一段遥不可及的记忆——那记忆中有草地，有夏天，有花园里的外婆，还有母亲，她们站在那里，以为没有人看见她们——可是，尽管这幅画面看上去意义重大，我却一点也看不懂。我的记忆无法落实为任何具体的东西，我也无法望穿眼前的这张照片，无法望穿它经过化学渲染和保护的光泽的表面。我跟在约翰尼斯后面走进商店，他靠在收银台上和收银员说话，那是个很高的女孩，比我年轻，穿着一件黑色的翻领衫，头发漂成白色，戴着一顶破洞头巾，被他的某句话逗得哈哈大笑。就在他向我转过头来的那一刻，我觉得他是个陌生人。随即我知道，他当然不是。但他在某种程度上已经成为我生命的一部分，是繁复纠缠在一起的话语与过往、回忆与思想之中的一个结，正是所有这些东西构成了一个衍生的我。

后来，我们离开了博物馆，我们默然无言地向北走，穿过贝尔塞斯公园，来到汉普斯特德，漫无目的地闲逛，打算看见酒吧就进去坐坐，当我们沿着小道走上山坡面对荒野的时候，刹那间，我意识到我们正站在 K 博士的房子跟前。我说："我外婆过去就住在这儿。"

约翰尼斯挨近了我，牵起我的手。

1897 年夏天，弗洛伊德给他的知己威廉 · 弗里斯写了很多封激情澎湃的信，信中他进行了自我分析。"我觉得，"他写道，"我置身于一个茧中，天知道会从茧里出来什么样的东西。"自 1891 年以来，弗洛伊德一家一直住在维也纳贝格街 19 号的一套公寓里。等到 1938 年 6 月 4 日，奥地利被侵占后，弗洛伊德将会带着安娜和妻子玛莎一起被迫离开，乘坐东方快车去巴黎，再从巴黎来到伦敦。他会先住进樱草山脚下的一所房子里，之后再搬去梅尔斯菲尔德花园路 20 号。他会在那儿度过一个晴朗的夏天，艰难地完成剩余的工作，然后于八十三岁去世。到了那时，在他追随者的眼里，他就是俗世中的先知，他的语录都将由安娜代为传下来，原原本本地传下来。但是，回到 1897 年，他几乎还没什么病人，也没什么钱，已经有了五个孩子，第六个孩子安娜也即将出生。尽管他坚定不移地认为自己的工作无比重要，但迄今为止，他仍未能成功完成一例精神分析治疗，也不能清晰完整地阐述出精神分析理论。他曾经在巴黎与神经学家让·马丁·夏科特一起学习，受其影响，他起初认为催眠术可以解决他感兴趣的那些拓扑心理学问题，但他后来不再相信催眠术了。现在，他想寻找别的出路，但却一筹莫展。有一阵子，他是约瑟夫·布鲁尔的亲密拍档，但布鲁尔并不像弗洛伊德那样坚信压抑的性欲是病人神经症状的根源，他们就为这样的学术分歧决裂了。很快，弗洛伊德与弗里斯也决裂了，几年后又轮到了荣格。同样的剧情一再上演：先是亲密合作，分歧随之而来，而弗洛伊德认为分歧就是背叛。终于，他在安娜身上终结了这个循环：安娜对他的研究绝对信任，爱把他和她系在一起，对他来说也是一样——尽管弗洛伊德似乎既没有注意到也没有预料到这一点。从中，我体会到一种别样的悲哀，他是那么在意“人有可能理解一切”，可是事关自己，他却好像什么也看不见。1897 年，距离弗洛伊德与弗里斯的决裂还很遥远，但这年夏天他写给弗里斯的信中，征兆已经初露端倪，仿佛雷雨降临前压抑而痛苦的气氛。弗洛伊德的字里行间充满了聒噪的热情，仿佛要用汹涌的友情将弗里斯对他的怀疑尽数淹没。而对弗里斯的研究，弗洛伊德连提都不提，根本没有留下任何探讨对方理论的空间。

在那之前的一年，弗洛伊德的父亲去世了。遭遇丧亲之痛的他有很长一段时间沉浸在抑郁之中。父亲雅各布很随和，但没什么决断，很开朗，但没什么个性。他相信儿子是有才华的，但也仅此而已，对儿子的事业，他泛泛地表示支持，并没有什么特别的兴趣。而弗洛伊德对他的爱中包含了一种希望：希望他能成为一个更强大、更可敬的人，而不是现在这样一个好好先生。

父亲死后，弗洛伊德忽然意识到自己对父亲的这种想法几乎接近蔑视，正是这种蔑视制约了他对父亲的感情，这让他很痛苦。令他感到矛盾的是，当父亲在生死边缘徘徊了许久、最终离去的那一刻，父亲在他眼中忽然变得不可战胜了。弗洛伊德受到了很大的震动，那一刻，所有已经沉淀的淤泥又重新变成了浑浊的泥水。一些失落已久的记忆，如今又浮现在眼前：弗洛伊德两岁半的时候，看见母亲在火车卧铺车厢里脱得精光；弟弟出生后，他忌妒不已，直到弟弟在九个月大的时候夭折；父亲的第一次婚姻让弗洛伊德有一个已经成年的异母哥哥，这个异母哥哥以某种难以察觉的方式分走了他从母亲那里得到的爱；在所有这一切的背后，都有父亲的身影藏在阴影之中。6月12日，他写信给弗里斯："我经历了一种神经质的体验，一种非常古怪的、意识无法理解的精神状态——模糊的思绪，隐约的怀疑，到处漆黑一片，没有一丝光亮。"

那个初夏被弗洛伊德花在了旅行上。他先去了萨尔茨[1]拜访妻妹明娜·伯奈斯，然后到巴特赖兴哈尔[2]去见母亲。他的母亲是个很难相处的女人，专横跋扈，傲慢自负，然而，与对待父亲相反，弗洛伊德爱她爱得无怨无悔。接着他短暂地回了一趟维也纳，为父亲的墓碑办理手续、敲定细节——整个过程中，他发觉自己身上表现出越来越明显的症状，而那些症状，他通常都是作为观察者从病人身上观察到的。为病人诊疗的时候，想要了解对方的体验，弗洛伊德只能靠间接的、二手的说法，只能依赖于对方转述的未必全真的信息。因此，当他试图从中构建起心智理论的时候，他不得不竭力去猜测被对方略去不说的内容；同时，他还必须时刻记住，病人是他的衣食父母，所以不能过分向病人施压。如今，他自己精神萎靡，注意力涣散。该工作的时候他没法工作，而且越来越容易做梦，都是些令人不安又逼真无比的梦。但渐渐地，他开始意识到，在这份

1 奥地利城市。

2 德国城市。

毋庸置疑的痛苦之中，潜藏着一个绝妙的机遇：或许，他自己就能成为自己的研究对象，比任何其他病人都更自觉自愿；或许，通过研究自己，他就能将混乱的理论梳理出脉络——就这样，当弗洛伊德最终到达阿尔卑斯高山度假胜地以后（其他家庭成员也都在那里度假），他正式开始进行反复的、认真的自我分析，最终，他的无意识理论就此诞生了。这也是一种哀悼仪式，至少在一定程度上，算是一种哀悼仪式：在发现自己已经失去某样东西之后，对往事进行必要的挖掘，就像翻阁楼、翻抽屉一样——然后建立秩序，进行理解；在理解的过程中，抛弃那些不重要的东西。他向弗里斯写道："我现在最主要的病人就是我自己……分析自己比分析任何外人都难。"

除了从他给弗里斯的信中可以推断出的一点信息以外，弗洛伊德几乎没有留下关于他的自我分析方法的只言片语。不过，他肯定曾经详细记录下自己的梦境，这一点可以清楚地从《梦的解析》的素材中看出来：他把自己的很多梦境以及经过删节的解释都藏进了书里。尽管这部作品在 1899 年首次出版时几乎没有引起什么注意，但它将为后来的精神分析运动奠定基础。而且，自我分析曾让他经历过一番挣扎，不是让他心不在焉，就是让他心烦意乱，由此，他声称，这让他对病人产生了前所未有的感同身受。

我不禁想象着那时的弗洛伊德，整整一夏，天气那么晴朗，天色那么亮堂，而这个中年男人待在山间，面对自己的工作，体会着丧亲之痛。这么想象着，想象着，我渐渐将他和外婆的形象重合到了一起：每天早晨，她挺直腰板坐在办公桌前，笔记本摊开，双手放在笔记本两侧，内观她自己，全神贯注地捕捉着只有她自己才能省识的思绪。于是，在那一瞬间，我对她的同理心如同葡萄上悄悄蔓延的白霜一样，忽然滋长起来，我眼中的她变得更温柔、更富有人情味了。她每天早晨所做的事，并不是在执行一项伟大的任务，只是在努力过一种有序的生活。其实我们所有人都在做同样的事，都想努力过得更有意义。我们向内在的欲望屈服，好将自己身上锋利的部分打磨出更圆滑的轮廓，我们紧紧抓住那些间接的东西不放。也许，相比之下，外婆的做法才是最直接、最诚实的做法：每天进行自我盘点。盘点之后，你就会明白，这件事其实每个人都推卸不掉，只有做得差和做得好之分。

尽管弗洛伊德的自我分析产生了丰沛的成果，但还不足以让他相信它能够普遍适用于每个人。他觉得，分析师应该成为一块空白的投影屏，让被分析者的欲望投射在上面，如此一来，被分析者的头脑中那些无意识的、被忽略的东西，就会历历在目。他向弗里斯写道："真正的自我分析是做不到的，否则就不会有病态这回事了。"他看到了一种令人望而却步的无能为力，然而，我认为外婆反而从中看到了希望：通过自我分析，她可以将自己的头脑厘清，让它像玻璃一样透明，让所有的欲望，所有的动机，所有的渴求，都一目了然，易于衡量。她仿佛得到了承诺：只要付出努力，人就有可能将自己从一团乱麻中解脱出来，实现自我平衡。想通这一点之后，当我整个下午都精疲力竭地躺着，惴惴不安地担心女儿可能因为某个无心的疏忽就变得不再朝气蓬勃的时候，我忽然意识到：外婆每天早晨坐在早饭桌边要求幼小的女儿讲述梦境，并不是一件多么奇怪的事。她只不过是喃喃念着她的“保护”咒语，想要保护她的女儿罢了。

和我去汉普斯特德过暑假正好相反，每年冬天，K 博士都要来我家住上十天，和我们一起过圣诞节。她每年 12 月 21 日来，住到 12 月 30 日离开，回去准备她的新年桥牌会。在这十天之中，我们不得不生硬笨拙地扮演相亲相爱。她总是在我家餐桌上写着写不完的信，因为她总是觉得某几位病人处于病情关键期，需要她以信件形式继续为他们分析。她每次一写就是好几张纸，密密麻麻，措辞严谨；给别人写完信，她又继续做例行的自我分析。她是那么勤勉，简直有无与伦比的恒心和毅力，哪怕是在这么短短几天的时间里，她都不肯放弃对“理解”的追求。可这让母亲和我都不太开心。整个房子都充斥着她的笔在纸上唰唰写字的声音，母亲和我反而成了外人，原本温馨自在的日子难以为继。我们平时总是随心所欲地在起居室来来去去，如今只能为了不打扰外婆而回避。

母亲一向懒得在厨房里下功夫，平日里不是一锅炖就是做意大利面，现在却躲进厨房里，烤燕麦姜饼，剥栗子皮，把数不清的球芽甘蓝一颗一颗拿在手里，在每一颗的根部细细切出十字花刀——接下去的几个星期，我们就一直吃这些东西，没完没了地咀嚼，直到唇舌麻木，直到我们原本想要好好表现一下的心意都消磨殆尽。母亲在厨房里耗着的时候，我就孜孜不倦地做手工，用半干的黏土捏出不成比例的“耶稣诞生”小塑像，用纸和金银丝做贺卡，缝制小玩具当圣诞礼物——可我永远只能缝出奇形怪状的丑东西。我的这些手工活，净是些计划不全、执行不当、考虑不周的产物。在等待颜料或胶水变干的间隙，我会泡上两杯热腾腾的茶，端给母亲和外婆，而她们的上一杯茶留在杯底的茶渣犹有余温。晚上，我们一起围坐在暖炉旁吃香脆饼干，收音机里播放着圣诞颂歌。我曾从书里学到过什么是“兴高采烈”“喜气洋洋”，此时我就夸张地装出那么一副样子，仿佛在演一场符合圣诞气氛的哑剧，企图让母亲和外婆之间僵冷的关系暂时得以缓和。我拉着她们一起玩连环叙事[1]的游戏，直到最后每个人都精疲力竭……

1 每位玩家在纸上写下故事的一部分，将纸对折，传给下一位玩家继续写，最后再将故事念出。

我终于可以上床睡觉去了。

我依然记得，每一个寒假之中，真正快乐的只有圣诞日和节礼日[1]的下午。因为那时邮局会彻底停运，我们终于解放了。我们会去屋后的树林里散步，光秃秃的树枝在头顶交错，黑色的线条衬在冬日天空的底色之上，仿佛一幅教堂的设计草图。我们脚下是一堆堆的山毛榉果实，还有过去一年中攒下的软绵绵、颤巍巍的半腐烂的落叶。有时候会下雪，泥土都冻住了。在一年中最短的白昼，太阳几乎无法照到山谷底部，水洼上结出一片片的冰霜。此时此刻，我们终于可以不再直面彼此。我们置身树林，成为三个孤立的角色，挣脱了那副无法形容的复杂桎梏，不必再像在家里一样时刻局促不安。母亲和我爬上倒卧在地的大树，把它当成平衡木走着玩。我们到处找蘑菇，那些巨大的真菌就像从树木创口长出的优雅的肿瘤。我们互相讲笑话，被老掉牙的俏皮话逗得哈哈大笑，在短暂的轻松时刻里，就连说话的声音都比平时响亮。我一马当先地疯跑，想试试看在迷路的恐惧袭上心头之前最远能跑到哪里。然而，当我们走上回头路，爬上离家最近的那个山脊，我们就安静了下来，我们的动作变得拘束，我们的肌肉变得紧绷，沉甸甸的感觉又压回到身上。最后，我们来到大门前，回归原

1 每年的 12 月 26 日，即圣诞节次日。

位，进了屋。

每个圣诞假期，我都盼着外婆能放下工作，那我们仨就都能轻松一点。那时候，我满心想着，只要她放下工作，我们就能找回原原本本的自我，我们就能像在树林里玩耍的时候一样重新认识彼此，不再互相亏欠。那时候，我还不懂得每个人的身畔都有滔滔洪流，将每个人都困在各自唯一的那条羊肠小道上；我还不懂得那洪流的方向有多么错综复杂，也不懂得那洪流的走势有多么不可阻挡。每天早上,外婆坐在我家的餐桌边，笔记本在她面前摊开，只待她落笔。我看着她这样做，实在不明白她为什么非要干这种近乎开墓掘尸的事。其实我早就该开口问她:“人必须留心自己的每一个念头，绝不忽略任何细微之处，因为一个最不起眼的念头都可能是谜底所在，能够照彻肌体，描摹出骨骼是怎样支撑起整副形骸——真的是这样吗？如果真的是这样，您是用什么样的心情来面对这一点的？”可我当时竟没有问，我的沉默将成为终身之憾。现在，我惊诧地发现：我们竟然对自己都隐藏得如此之深，我们的身体也好、思想也罢，都是神秘未知的领域，就连本人都难以踏足。但在惊诧之余，我也有些兴奋：仿佛面临着一片深海，其下隐隐透出微光，浮游着无名的生物，它长着巨大的眼睛或是根本没有眼睛，我们既看不见它的脊柱，也看不见它的鳞片；又仿佛面对空旷无垠的太空，许多航天飞机失了群、生了锈，飘浮其间，无依无靠。这两种感觉其实是一样的，既叫人害怕，又令人雀跃。也许，这就是弗洛伊德在 1897 年夏天的感受吧。当时，他的孩子们都在奥地利山中的树荫下玩着复杂的游戏，而他的妻子正怀着孕，她腹中是个女儿，这个女儿日后将成为他最重要的作品之一，也将成为他作品的捍卫者。妻儿们在他的周围各干各的，自得其乐，弗洛伊德真想从自己一个人的小世界里冲出去，冲进黑暗里去。在巨大的穹顶之下，在广袤的空间之中，对“理解”的祈求只不过是无声的思想在回响。就在两年之前的秋天，或许正是出于与弗洛伊德相同的对奇迹的渴望，伦琴把手放在了屏幕上。他的手指微微张开，像在等待一件未知的礼物。终于，他看到自己的骨骼暴露于眼前。然而，“看见”的代价，是奇迹的消亡。这正是伯莎·伦琴害怕的事——或许，她不肯再看那张照片并非因为她老顽固、没见识，而是因为她已经凭直觉意识到：失去神秘感，就意味着毁灭。

父亲离开的那一年，8 月又到来了。一开始，我总是不知道怎么回事就忽然伤心起来，动不动以泪洗面，搞得我自己都很难堪。头一个星期外婆还竭力哄我开口说话，之后，她放弃了。取而代之的是我们一起走进诊疗室，喝着各自的那杯饮料，沉默地对坐着，一直等到母亲回来。K 博士不再像从前那样坐得笔挺，也不再看着我，而是微微蜷着身子，望着窗外。

那年夏天，她看上去比她去世之前的任何时候都老。她的脸皱缩成一团。虽然她依然执行着日常的那一套流程，可是似乎仅仅是习惯使然，思绪则一反常态地飘在别处。每天早上，她还是独自在诊疗室里坐一个小时。可是有时候，就像被敲打在屋顶上的雨点唤醒一样，我能听见她的脚步声。她在诊疗室里踱步。

安娜·弗洛伊德是家里的第六个孩子，她的到来纯属父母计划之外。她降生于维也纳的严冬，在她睁开眼见到这个世界的时候，世界上每一寸空间早已各有其主。弗洛伊德家的公寓本来倒也不算小，然而，这里不仅得安置安娜的五个哥哥姐姐，还得安置她的保姆，安置她的父亲和他的作品，安置她的母亲玛莎，还有她的姨妈明娜。明娜是一年前加入他们家的，她来了以后就接过了玛莎手头的活，为弗洛伊德打理工作、安排出行，招待他的同事，探讨他的理论，走访欧洲各地涌现出的各类精神分析学会——而玛莎则全身心投入到照顾孩子和操持家务中去。到后来，姐妹俩有时仿佛平摊了“妻子”这个身份：其中一个接棒的时候，另一个就可以得到喘息。

安娜和精神分析学是同一天诞生的。日后，弗洛伊德将对这一点津津乐道，在他看来，他毕生的工作成果都在安娜和精神分析学这对“双胞胎”身上得到了彰显。到那时，她将成为他的安娜·安提戈涅[1]，成为他的辩护人、他的支持者、他的门面。她将对弗洛伊德和弗洛伊德的学说忠心不二，而他以遗产继承权回报她。不仅如此，就连他们的名字，安娜与西格蒙德·弗洛伊德，也将永远被放在一起，由后人一起念出来。人往往喜欢将自己代入神话故事，或许，弗洛伊德也会这样看待安娜——所有觊觎他宝座的人实则都一文不值，唯独她是那么年轻，那么强健，那么忠诚，就像科迪莉亚忠于父亲李尔王一样[2]。想到这里，也许他会忍不住捻起胡须，胡须之下是他日渐腐坏的上颌骨[3]。然而，这些都是后话了，在安娜出生的时候，那个"双胞胎"的巧合仅仅意味着在安娜的整个童年时代，弗洛伊德都是缺席的。自始至终，他都没有在三楼公寓那堆扰攘的家事中现过身，既没有出过力，也没有费过神。自然，他会适时承认这个事实，然后为自己辩解：灵光闪现，对绝大多数人来说都是一生仅有一次的机遇，甚至还未必能有一次呢。等到《梦的解析》一书完成后，弗洛伊德的高产时期也随之过去，他终于有时间陪伴家人了。不过，安娜还是常常被忽略，因为她

1 安提戈涅是古希腊悲剧作家索福克勒斯创作的人物，她为了收葬自己的兄长不惜反抗国王克瑞翁的禁令，被国王囚禁后自缢而死。

2 李尔王是英国剧作家莎士比亚创作的人物，他年老昏聩，听信长女和次女的谄媚之词，驱逐了唯一真心爱他的小女儿科迪莉亚。

3 弗洛伊德晚年患有口腔癌，上颌骨被切除。

还太小，不管父亲带孩子们去乡间散步还是去湖上划船，她都没法加入。受冷落的安娜竭力赢取父亲的关注，于是，这份爱的先决条件似乎决定了她童年的基调。安娜出生时，家中所有能扮演的角色早已被她的哥哥姐姐们瓜分完毕，没有安娜的份了，她只能亦步亦趋。起初，被父亲视为接班人的是她的哥哥奥利弗。奥利弗是个机灵、聪明又自信的男孩，然而，长到十几岁的时候，他开始出现异常举动，被父亲定性为强迫症。后来，弗洛伊德在给马克斯·艾丁根[1]的信中遗憾地写道：奥利弗曾经是“我的骄傲，我对之寄予了隐秘的希望”。可惜奥利弗既没能成为精神分析学家，也没能让父亲看到自己当上成功的工程师。父亲到底还是催逼着奥利弗接受了分析，之后，奥利弗竭力与父亲拉开距离，好获得喘息的余地。在弗洛伊德的所有孩子之中，奥利弗走得离父亲最远。1938 年，浩劫将至，全家都逃离了维也纳，而奥利弗并没有和其他家庭成员一起来英国伦敦，而是去了美国。到了美国，他终于过上了恬静平和的成年生活，毕竟，靠远离父母就能得到的东西只有一样：独处的权利。直到奥利弗的独生女伊娃死于战后的流感疫情，那份恬静平和才被打破。

安娜小时候看起来并没有多聪慧。当然，她反应机敏，还

1 俄罗斯心理学家，弗洛伊德最早的追随者之一。

爱调皮捣蛋，能逗得父亲开怀大笑，但在父亲眼里，她只不过像一只通人性的小猫小狗，能让他暂时放下严肃的工作，得到轻松一刻。当时还是 19 世纪初叶，弗洛伊德仍然认为智慧是男性独有的特质，所以他并不指望女儿能拥有它。然而，当他所有的儿子，无论是亲生的还是收养的，都让他感到失望无比，他的想法自然就不同了。同时，安娜也嫌自己长得过于平凡，没什么女人味。安娜的姐姐索菲倒是非常漂亮，被母亲当成心头肉，被父亲视为掌上珠。索菲的美貌还为她增添了一道光环，让人觉得她不仅长得好，性格也好。因为什么都赶不上索菲，安娜忌妒坏了。她不光忌妒索菲的样貌，还忌妒索菲可以不费吹灰之力就得到父亲的爱，这份忌妒之情贯穿了她们整个童年，最终成了一场旷日持久胶着不下的战争，使她们之间产生了比起另外几位手足都要深得多的羁绊。她们的父亲目睹了两个伤心的女儿之间的明争暗斗，哪怕他也有所担心，却依然用医师的目光审视着她们，甚至按捺不住内心小小的满足感——她们出于孩子气的欲望在争夺他的爱，这恰恰符合他的理论假说。如果，这两个为父亲争风吃醋的小女孩感受到了他的目光，并且因此斗得更凶、吵得更响，谁又能责怪她们呢？

父亲丢下我们的那一年，到了 8 月底，母亲又像以往一样到 K 博士家来接我，可这一回并没有带我离开的意思。她是傍晚时分来的,一来就直接上床去了。我在厨房里吃完晚饭,外婆允许我上楼去看她。母亲脸色惨白，一副失魂落魄的样子。我猜她没准儿刚哭过一场。紧接着我意识到：我居然能想到她可能哭过，说明我已经突如其来地长大了，心不甘情不愿地长大了。她看上去那么难受，我被吓得不轻。在那年夏天之前，我一直认为成长肯定是一个漫长的转型过程，需要穿过炼金炉之火，熔炼出一身的力量。可是现在，我看到母亲失去了保护她的那层壳，眨着眼睛不让眼泪掉下来，整张脸都哭肿了，我才第一次意识到：哪怕我的脸变得丰满成熟，我的恐惧还是不会消失，恰恰相反，从本质上说，我将永远与此刻的我别无二致。我不知道该怎么办才好，于是也哭了起来，站在门口，泪流满面。我的软弱大约在母亲的意料之中，她见我这副样子，反而被激出了力量，下床走到我跟前，把我抱到了她床上，仿佛我还是个小不点儿似的。我躺在那儿，眼泪流个不停，最后依偎在她身旁睡着了。可当我第二天早上醒来时，我却还是睡在自己的小床上。我走下楼梯，看见母亲的房门关着。我没有企图去看她。整整一天，K 博士一直在工作，母亲一直在楼上。我一点也不想出门，生怕一旦走丢了，万一她们打不起精神把我找回来，那可怎么办呢？我避开她们所在的房间，在房子里漫无目的地晃来晃去，暂时进入了一种无知无觉的麻木状态——或者说，平衡状态。等到外婆工作完毕，她会过来找我。

按照惯例，母亲来了，我就不必去 K 博士的诊疗室受煎熬了。可是那天晚上，仿佛出于某种默契，我们还是一起走进了那扇沉重的大门，面对面坐下来，心照不宣地保持沉默。打破沉默的只有楼上母亲发出的动静：她来回走动，地板吱呀作响，水龙头哗哗放水，还有一声声叹息。后来，母亲下楼来了，裹着一件 K 博士的旧晨衣，在起居室里坐了半个钟头。我蜷缩在她脚边，头靠在她的膝盖上。她打了几个喷嚏，还说头疼。于是我尽量说服自己：母亲之所以脆弱得出奇，并不是因为她变了，也不是因为我对她的看法变了，仅仅是因为她得了感冒。据母亲说，她是被北线[1]上一个不肯用手帕捂嘴的感冒女人传染的。到了晚饭时间，K 博士把盛着食物的托盘端到楼上给母亲，我一个人坐在厨房的桌子旁，对面前的炒鸡蛋提不起胃口。在这所房子的墙壁之外，在还没拉上的窗帘之外，在无遮无挡的窗户之外，黄昏渐渐转为深沉的黑夜，被关在外头；而我们仨置身于光灿灿的泡泡之中，在夜色里漂流。

每个星期三的晚上，维也纳精神分析学会在贝格街 19 号的公寓客厅里开会。客厅角落里放着一架小小的拿书梯。等到安娜稍微长大几岁，能够在这样的会议中保持安静了，她就被

1 从伦敦西南部到西北部的一条地铁线路。

允许坐在那架小梯子上旁听。她竭尽所能地跟上他们的节奏，听着这群认真热切的男人进行滔滔不绝的激烈讨论。当时正值 20 世纪的头几年，白昼一天天变长，又一天天变短。这群男人认为，未来，人类头脑中所有错综复杂的东西都会一览无余、确凿无疑，而他们自己就好比建筑师，即将构建起这样的未来；与此同时，在这个拥挤不堪的房间里，安娜找到了一小块属于自己的空间，她藏身于阴影，尽量不让自己犯困。要在那架木梯子的顶上保持平衡其实并不舒服，为了不引起别人注意，她艰难地保持一动不动，坐得膝盖僵硬，脚也麻木了；然而，因为她一直渴求能与父亲亲密无间，如今能够在这个小地方获得一席之地，仿佛证明她终于获得了这种亲密关系。在星期三的会议时间段，在开会的房间之中，弗洛伊德也化身为了她想要的那种父亲：不是那种漫不经心的家长，会背着孩子们在公寓的走廊上兜圈玩儿，或者在周六下午领着孩子们去散步。不，她要的是一个能让别人言听计从的男人，强硬有力，志得意满，说话掷地有声。这样的一个男人，刚好适合充当她爱的对象。

8 月过去，9 月来了，已经过了我理应返校的日期，可我们仍然留在 K 博士家里。我们仿佛找到了一种方法，可以无限拉长“受到伤害”和“疼痛发作”这两件事之间的时间间隔，所以我们就站在原地，不知所措，手摁住受伤的地方，不去搞清自己究竟伤成了什么样。我现在好奇的是，母亲最害怕的结果是什么呢？她是害怕我们会彻底崩溃呢？还是恰恰相反，害怕我们身上不会留下任何印记，一切还是照旧运转呢？她是不是害怕她曾经拼命抓住的东西会从手中滑脱，如同水中的冰一样了无痕迹？时间一分一秒有条不紊地推进，我却没有任何“向前进”的感觉。事情都没有按常规进行，叫我很不安；叫我更为不安的是，竟然没有人提及这件事。在假期里无所事事地度日自然是愉快的，可是，当无所事事的假期超过了原有的限度时，气氛就变得既压抑又紧张，叫人难以忍受。我以前从不曾在夏天结束后还待在K博士家里，而今，夜幕降临得越来越早，空气越来越凉，我越来越清楚自己待在了不该待的地方。花园里的树叶开始飘零。楼下房客细心地用木桩围好的玫瑰丛中，结出了硬硬的玫瑰果。荒野上，再也没有挤挤挨挨的游人了，黑莓也过季了。每天下午，我站在厨房窗前看着其他孩子走在放学回家的路上。他们的校服起初是崭新的，新得扎眼，后来天天穿着，也就成了日常的外套。我们却仍然被困在这所房子里，动弹不得。

安娜从二十二岁开始接受父亲的分析。促成这件事的原因有二：一是她对父亲的工作怀有浓厚的兴趣，自打每星期三晚上在贝格街的客厅里旁听开始,她就竭尽所能地想向父亲靠拢;二是她一直被健康问题困扰却始终没有得到确诊,整个少女时代都深受其苦。1907 年,她被母亲带到医院,在一无所知的情况下被割了阑尾。虽然手术本身很成功,而且她起初似乎也复原得不错,可她的体重掉得厉害,怎么也回不到原样。她很容易感冒,动不动就胸部感染;她总感到焦虑,不自觉地含胸驼背,摆出防御性的姿态,虽然她努力去改,可还是改不过来。起初的症状还只是生理性的,可是情况发展得越来越严重:她周期性地沉溺进栩栩如生的幻想中,一连好几个小时无法自拔,在脑海中演绎着各种各样的故事,最终筋疲力尽,神思涣散。她学会了纺织,来回抛动的梭子仿佛具有催眠效果,能让她进入浑然忘我的状态。刚开始她还觉得这样做很有趣,可是到后来,有时她整个下午都弯着腰坐在织布机前,直到腰背和手指都疼得要命,等她清醒过来,又会懊恼不已,责怪自己神游太虚浪费了这么多时间。她定期去疗养院住上一阵,本该好好休息,呼吸新鲜空气,远离维也纳拥挤的人群和寒冷的天气,充分享受自由;可是事与愿违,她觉得自己与家人、与父亲被拆散了,孤零零地被放逐了。弗洛伊德十分担心,要是不谨慎地加以处理,这个最小的女儿所表现出的内省和脆弱很容易演变成癔症。他将她视为自己的臣民,他认为她的福祉取决于他明智的裁夺——他的这种想法成了他们之间的另一种纽带,于是,最终她的思想几乎有一半是由他塑造而成的。

1913年春天，荣格最终与弗洛伊德决裂，弗洛伊德又一次感到凄怆而茫然。那个年轻男人任性地背叛了他，让弗洛伊德失望透顶。失去荣格的友谊之后，弗洛伊德痛苦得心灰意懒，差点得了抑郁症。这时候，弗洛伊德第一次意识到他实际上越来越依赖安娜，只要一想到她早晚会离开，他就心烦不已。一旦她结婚就很可能离开，毕竟，总不能不结婚吧？索菲新近订了婚，这意味着很快安娜就会成为留在家里的最后一个孩子，而弗洛伊德渐渐觉得只有把安娜留在这所房子里，他才能续命。此时的安娜也正因即将成年而惴惴不安，因为她总觉得自己与这个世界格格不入：终其一生，她都认为自己的智慧具有男性气质，与她所描述的女性欲望——渴望家庭、喜欢孩子格格不入。她一点儿也不想离开父亲，可是，她只能作为未出阁的女儿陪在他身边，除此之外，再也没有其他名正言顺的身份能让她留下。尽管终身不嫁不算罕见，但无论是她自己还是父亲都觉得这样总是不够尽善尽美。即将年满十八岁之际，安娜在意大利北部梅拉诺的一家疗养院里住了好几个月，其间索菲举行了婚礼，安娜也没出席，一方面是因为安娜始终对姐姐心存忌妒，另一方面则是因为婚礼的筹备工作家里人一点也没让她沾，所以她认为家人肯定不会让她去参加婚礼，理由是她身体不适。安娜给父亲写了好多热情洋溢的信，絮絮地告诉他自己又重了半磅，身体又好了一点儿，内心又平静了一点儿。她还写道："您写的好几本书我都读过了，但您不必惊慌，因为我已经长大了，对它们感兴趣也不足为奇。"第二年春天，尽管安娜仍然觉得前途渺茫，但她已经决定为了考取教师资格证去参加培训班，只要能在初夏顺利通过考试，1914 年秋天她就可以开始实习了。培训班开课之前尚有几个星期的余暇，安娜利用那段时间来英国旅行，希望借此提高一下外语水平，没准儿以后她的英语能帮上父亲呢。到了英国，她跟弗洛伊德从前的病人洛·琼斯一起住在萨塞克斯郡，俩人定期一起到伦敦来。安娜在伦敦结识了欧内斯特·琼斯，他与洛·琼斯并没有亲戚关系，碰巧同姓罢了。欧内斯特当时正致力于建立运营英国本土的精神分析学会。很快，他就开始登门拜访安娜，带她到处观光，教她说英语。结果，洛·琼斯把两人的来往通知了弗洛伊德，而弗洛伊德第一次对安娜进行了干涉。当然，他告诉自己这都是为了安娜好，因为安娜年纪太小，天真柔弱，很容易在这样的交往中受到伤害，但事实上他肯定也很清楚，她要是就此结婚，对他自己来说是莫大的损失。在给安娜的信中，他如此写道："我从来就没打算让你像你的两个姐姐一样拥有自由选择的权利。"安娜则说，她从未想过要跟欧内斯特进一步发展。假如父亲和她之间有一条绳子相连，而今她感到父亲正在绳子的那一头发力，将她拉向他。于是，她第一次确认了父亲对她的爱，这是她自打孩提时代就一直在苦苦追寻的东西；她也第一次从自我牺牲中取得了心理平衡。

战争爆发后，安娜回到维也纳，一边当实习老师，一边与父亲展开了更密切的合作。推动精神分析运动需要付出巨大的心血，重重的阻力来自已经跟弗洛伊德分道扬镳的昔日密友。虽然精神分析学会在各地如雨后春笋般涌现，但要去那些城市走访已经成了不可能的任务，哪怕只是通过信件联络也并非易事。为了让弗洛伊德追随者们的作品能够源源不断地在各种期刊上发表，安娜把大部分业余时间都用来翻译这些作品，因为她希望至少不要让语言障碍影响到精神分析理论的传播。在翻译过程中，安娜有时还无法完全理解某些术语或概念，她就向父亲请教。父女之间的教学与探讨不仅成了他们合作关系的基础，也让弗洛伊德迈出了对安娜进行初步精神分析的第一步。有一段时间，安娜因为教学任务离开了维也纳，她给父亲写信，信中详细描述了她做的梦，每个梦里都有他萦绕不去的身影。她仿佛是想借着他们这门新兴学科的专有词汇把那些无法宣之于口的话说给他听——她忠于他，她爱他，她思念他。这门全新的“语言”是他们共知的，彼此日渐心领神会。

安娜本就有慢性病，长达四年的恶劣饮食更是雪上加霜，等到战争终于结束的时候，她已经没法再继续从事教学工作了，不得不割舍。但事实上，她的内心早已做出了选择。1918 年 10 月 1 日，她第一次以病人的身份走进父亲的诊疗室，请父亲分析自己。这件事的导火索是她糟糕的健康状况以及她对父亲工作内容的强烈兴趣——二者已经构成了她过去十年生活的主旋律，仿佛两股交缠在一起难解难分的引线。安娜选择父亲来做自己的分析师也是情有可原：由于战争，弗洛伊德的工作量锐减，再加上安娜失去了教书的那份薪水，家庭总收入大为减少；而且现在弗洛伊德难得地有了大把空闲，想不闲也难。说到底，其实他们多年以来一直都在向这个方向走。“安娜的人生”可以说是他们致力研究的第一个议题，只是进展十分缓慢。所以，安娜最终敲开父亲那扇门，完全在情理之中。安娜始终受孤独和焦虑困扰，对父亲有着异常的依恋；弗洛伊德则害怕万一其他人对安娜示好，她就可能离自己而去。在这样的两相情愿之下，他们毫不意外地投向了彼此。在接下来的四年中，安娜每个礼拜六都会推开父亲的房门，走进去，躺在沙发上。接着，他们共同对她自己进行分析。每一分，每一寸，仔细研究，精心拆解，然后重新捏成他们都喜欢的样子。

10 月初的某一天,我在 K 博士的诊疗室里坐在她对面。我在混沌中突然抓住了灵犀一点，于是我开了口:“我想回家。”

那天深夜，我渴醒了，想下楼去喝杯水。我从母亲卧室半开着的门前走过，看见门边漏出些许光线，在楼板上绘出一个惨白的楔形。我听见母亲和外婆压低了声音在说话。外婆说：

“能帮她开口说话。我能找到人。”

母亲发出一种类似呻吟的声音，一种短促的、痛苦的声音。不知是为了回应母亲的呻吟，还是为了驳斥母亲的呻吟，外婆又接着说：“你可以留在这儿。她可以去上学。就一个学期。她需要……她需要稳定，仅此而已。”

然后是一片死寂。我悄悄挪动了一点，看见外婆坐在床边，母亲低垂着头跪在她脚下，外婆的手指插在母亲的发间。她们被门框框住，使那个画面看起来像一幅画。我马上转身，飞快跑上楼梯回房去。她们之间这样亲密是我从未见过的。而我即使只是看见这一幕，也仿佛是侵犯了这种亲密。

第二天早上，母亲和我一起把我的东西收拾打包装进纸板箱，再把它抬到楼下的前厅里，放在母亲的包旁边。我的外套叠得整整齐齐，摆在最上面。我们吃了午饭，三个人一起在厨房桌上吃的，收音机发出的声音替代了交谈。然后我抱起自己的箱子，我们彼此道别。外婆看起来和往常一样，站得笔直，内敛得体。可是，当我走到门外回过身准备关上门的时候，有那么一瞬间，我看见了她目送我们离开的表情。在那个时候，我还理解不了她的表情究竟意味着什么，那是一种仿佛早已习惯承受打击的表情，那么悲伤，又那么无奈。但现在，我经常回忆起那一幕，而且会想：将来，我是不是也不可避免地会像那样看着女儿离开我？是不是也得看着她去直面纷扰重重的人生，而我既没法帮她将人生变得容易些，也没法代她受苦？我更想知道：还有没有别的选择？别的选择会不会更糟糕？

母亲临终前的最后几个月里，我们不再闲聊，也没有互相剖白心迹。我只从书架上挑出那些小时候她曾经念给我听的书，然后念给她听。念书能同时抚慰我们，让我们之间滋生出某种羁绊。在念书的那几个小时中，我们得以重新造访当年曾经一起踏足过的世界，但造访的形式与从前截然不同：因为这一回，谁是领路人，谁是追随者，已经一目了然。她总在睡与醒之间漂浮不定，渐渐睡得越来越沉，越来越深，睡眠如同能够攻城略地蚕食一切的潮水，将她的五官都抚平了；而潮水终将退去，她的面目将消失不见，只剩一片干净的沙子。我自己的嗓音填满了屋里的虚空，赶走了死寂；如若不然，死寂恐怕会逼出某些我承受不了的东西来填充这虚空。我一句句念下去，一段又一段，一章又一章，这些句子将我们联系在一起，又将我们分离，它们构成了一个二人共享的空间，我们可以坐在其中，不必触碰彼此，却能一起享受庇护。于是，我们都很平静。这间卧室里的静，是一种枢纽般的静：世界绕着它旋转不休，而这里是它静止的中心。有时候，天色全暗了，我还在念书，念得停不下来。那时无法入睡的黑夜和机械重复的白昼都让我的生物钟失去了发条。我喃喃念出每一个单词，仿佛脱离了当下的时空，变成了两个人——既是我的母亲，也是我自己——跨越 整整念了十五个秋天：念的是同一本书，坐在同一个房间，厚重的窗帘，拼布的被子，一眼能望到花园另一头，山毛榉树的枝丫戳到篱笆外面去。随后我意识到，在这份平静的陌生感之中，我真的很容易失去自我，简直一不留神就会失去自我。一旦意识到这一点，我就不再念书了，我放下书，快步穿过地毯，爬到母亲床上，蜷缩在她身边，把头埋在她的肩膀和锁骨之间。我缩成一小团，仿佛只要足够努力，就能把自己缩回到五岁那么点大，仿佛只要这样做，世界就能重新变回我五岁时候的模样：一切按部就班，秩序井然，安全，温暖。我蜷缩在母亲身边的那一幕如今常常重现，比如，每当女儿趁着夜色爬上床，蜷缩在我身边，寻求我的抚慰，我就不知不觉地摆出了当年母亲的姿势；又比如，当女儿病了，我彻夜用湿海绵为她擦脸，替她拨开搭在前额上的湿淋淋的刘海，地板上放着盛待洗物品的盆子，里头丢着皱巴巴的法兰绒布巾，我的手一刻不停地用水和布做着郑重的仪式，这时候，我就会看到自己的皮肤下隐现出母亲双手的轮廓，听到自己的喉中发出母亲充满爱意的声音，喃喃地哄女儿入睡——我想知道，究竟是这些做法本身就能令人得到抚慰呢，还是说，其实是代代相传的沿袭把这些做法深深刻进了记忆，构成了一种“抚慰遗传学”？在那些如同潮水般起伏不定的夜晚，我回忆中的事变得栩栩如生，母亲和外婆仍然握着我的手，仍然挽着我的臂。她们虽亡犹存，从此与我同在。

女儿出生前，我参加了一场婚礼。我站在约翰尼斯的一个亲戚身旁，看着她的孩子们在一片精心打理过的草地上奔跑，渐暗的天空映衬着斯塔福德郡的山丘，远远望去，山色温柔。我跟她见过面的次数屈指可数，而且都是在这种大型家庭聚会上见的，除了打招呼，我们几乎没有说过话。可是此时此刻，改建过的乡村小屋里宴会还在继续进行，欢声笑语从直棂窗中传出来，再次强调着我们都是从宴席上逃离的人。于是我们忽然产生了亲近感。

“真是，”她说，“就像你的心掉了一块儿，掉在了外面……”

我估摸着她的意思是说，孩子将始终是你的一部分，无比重要，只是存在于你体外——可我并不这么觉得。相反，我觉得孩子就像从你身上截下的肢体，它曾经与你密不可分，但是一朝被切断，就再也不可能复原，如同一样东西掉出了船舷，就会随着水流越漂越远，终于再也望不见。你原本很清楚自己的手在哪儿、脚又在哪儿，可是现在，被截下的肢体将不再受你自身感受的支配。哪怕你还能看见它，还能把它拿起来，称它的重量，量它的长度，可是，你再也感觉不到它了，也不可能让它再长回你身上。每当女儿天真烂漫地伸出双臂搂住我的脖子，我都怀着既感伤又感激的心情回应她；可是我得小心，绝不能让她察觉我的这份心情，免得她背上心理包袱，没法去完成她与生俱来的使命，她的使命就是离我而去。我得把握好尺度，既表现出足够的爱，让她能够信赖我，但又不能让她过于留恋我。她只要知道我爱她就好了，无须知道我究竟有多么爱她。我还得再加把劲，一面鼓励她走出我的视线，一面战胜自己内心那种渴望她回来的焦灼。

几个月前，我又去了一回梅尔斯菲尔德花园路。我站在弗洛伊德和他女儿一起拍的那张照片前，看画面中的他们笑着走过草地。我想起安娜，想起她在这所房子里伴着父亲的空房间度过的四十年。这所房子更像是她保留下来的一座纪念碑，并不肃穆，但很宁静。我忍不住想，在那些年里，她在这里度过平淡的日常生活，去图书馆，采买东西，迎宾送客……在那些日子里，她曾经有多少次走进父亲的房间，静静沉浸到往事中去呢？当她再一次坐进那张沙发，靠着身后的靠垫，聆听着屋里的岑寂，却再也听不到父亲的说话声……这时她心中想的是父亲还是她自己呢？毕竟，他们之间并没有任何一方拖累另一方，他们靠努力创造出了奇迹：谁也没有伤害对方，谁也没有丢下对方。

这就是问题的症结所在：我们根本无从对比，因此也没法说要是当初做了另一种选择现在的结果就会更好。我还记得女儿刚出生的时候，她咳嗽，流口水，哭个不停，称完体重就被交到约翰尼斯手中。她仿若一条滑溜溜的水生生物，而他解开了衬衣的纽扣，抱住她，把她紧紧贴在他生着雀斑的皮肤上。就从那一刻起，她起初拥有的无限的可能开始坍缩，在我们的抚触之下，她变成了有血有肉有形的存在——充满好奇，粗心大意，善良可爱。

我也还记得，当我忽然意识到在“什么是有意义的”和“什么是已经发生的”之间存在多大的鸿沟之时，我有多么恐惧。既然我们打算重新审视这一切，我不禁想，母亲会不会也产生过与我相同的想法呢？K 博士会不会也一样？还有马克斯·格拉夫对小汉斯，还有弗洛伊德对安娜，会不会都一样？如果真的是这样，那他们都是怎样成功瞒住自己的想法的？为什么我们都能瞒住？只要有了孩子会让我们对失败极度恐惧，因为我们会意识到没法保证孩子永远不受伤害，我们就像坠入了深渊，同时我们痛苦万分地意识到成功已经被抛在了后面——但是另一种选择是什么呢？那只是一份未拆封的礼物，保存完好，完美得无法想象。

我们的生命起初有万般可能，但是一经抚触就会简化为粗糙而特别的存在，每个人的独一无二之处由此而来。所以，如果我们问自己“换一种选择，是不是会更好？”那就等于希望自己毁灭。

插曲：佛罗伦萨

现在是 11 月，我独自待在酒店房间里。外面，陌生的街道伸展开去，空无一人。下着细雨。我们在离这儿更南的地方租了一栋山间小别墅，租期为两个星期，对别墅所在之处，我们所知甚少，只知道它是地图上绿色的一小块。至于为什么选择了它，只能说是出于某种难以言说的遗憾：那儿应当有灰扑扑的山坡，长满了柏树，就像许多海外英国人的小说中描述的那样。可是，我们的出行计划做得不怎么样，刚好挑了一年中最糟糕的时间段，又潮，又冷，石阶上升腾而起的不是热气而是水雾，绵绵不绝的阴雨把我们困在室内。原本我们理想中的度假，应该是从日常俗务中抽离出来，过上一段“只有我们仨”的最后时光，以此我们可以提醒女儿:“完整的家”也可以是灵活机变的，我们是计划给她添个弟弟或者妹妹，但并非因为她不够好，她已经很棒了。可是，我们总得把手头的事做完才能来度假吧，而等我们度完假回家，我肚里的宝宝就快出生了，预产期就在圣诞和元旦之间那段又黑暗又空虚的日子里。所以，我们既没法早来，也不能等到山里会下雪的时候再来。所以，虽然现在这个地方就像是换毛换了一半的动物，正处于最难看的时节，可我们也只能将就一下了。几个星期以来，我一直被家里越来越多的杂务压得喘不过气来，可那些事又都是宝宝出生前必须完成的：阁楼上的衣服都得拿下来洗，所有尿布都得检查一遍，大批的食物都得准备好，被褥床单都得整理好，账单都得结算清楚再用绳子扎好——我拼命做着这一切，就好像到了生产的那一刻，时间将会错位，所有这些事以后都没法再做了。在那段忙得喘不过气的日子里，我曾经梦想过自己能待在现在这个房间里，空无一事，尽情孤独。怀孕让我提前体会了一把老年人的待遇，凡事都无可争议地优先照顾我的身体状况：预想到飞过来的航程肯定很累，所以约翰尼斯带着女儿先走，我留在城里休息一夜，明天再独自一人清清静静地坐火车去同他们俩会合。等我抵达的时候，约翰尼斯肯定已经收拾好东西，摸清了周围的路，买好了吃的，调好了恒温器，而我只需要一一表示已阅，不用动什么脑筋。我可以迟到一步，是因为眼下的我差不多被定位为“客人”。每天有一半时间我都将躺在沙发上，由他们给我端来茶杯，捧来饼干碟，带来他们在周边的历险记。我打瞌睡的时候，他们就会一起出门探险找乐子。我想，他们应该一直都很期待能够尽情享受只有我不在场的时候才有的、独属于他们的那份自由。在飞机上，我半睡半醒间听到了他们小声密谋着什么，两颗脑袋低低地凑在一起。当我们穿过云层落向地面的时候，他们一起笑出声来。

在机场，我同他们告别，叫了辆出租车去酒店。平日里的我，哪怕是睡在自家枕头上，都经常会因为身体难受而彻夜无法入睡，然而，当我坐在出租车开裂的橡胶椅面上，因为尚未习惯自己身体新增的重量而不得不叉开双腿、勉强保持平衡，肩膀也不得不歪着，我却一下子就睡得不省人事。我一直保持着这个姿势，直到抵达酒店。司机照顾我的身体状况，极其轻柔地摇醒了我，我从意料之外却又分外沉酣的睡梦中被忽然唤醒。此时此刻，一个人待在房间里，又冷又迷惘，不知所措，满心凄凉。我坐在床上，哭了起来。孕晚期，我经常像这样莫名其妙、突如其来地啼哭。眼泪再一次提醒我：我的身体已经由不得自己控制了。我无能为力，只能等待自己哭完，让过剩的情感通过咸咸的液体发泄出来。通常，我能做的也只有等待而已，等待我的身体无视我的求告、完成它既定的任务，等待即将到来的不可避免又无法预知的痛苦，等待我自己被彻底耗尽，等待平衡被打破之后分外麻木的头几个星期，等待为新生命的一切需求闹得人仰马翻。我不知所措，因为我马上就得面对这一切了。我一直都以为，支配着我以及我周围的一切的规则都是天经地义的，可我现在才发现，相信它们就跟相信祈祷没什么大区别。我一直都以为，痛苦并非不可动摇:“苦楚”往往都是可以缓解的，“危险”也还有商量回旋的余地。可是如今，这个信条失效了，我惊恐不已，仿佛世界已经被重塑，而我却毫无准备。仿佛我曾得到过诺言，可如今它被毁弃了，这实在无法原谅。我无法靠思想超越肉体，血液和肌肉始终各行其是。我的内部有什么东西在波动、皱缩，仿佛一个住在岩池里的生物被惊扰了，忙不迭地躲回深处。

眼泪平息下来之后，我泡了个澡。因为还没习惯自己膨胀后的体形，我躺进浴缸才发现放水放得多了点。我把自己洗干净，出门前在牛仔裤和毛衣外面套上了约翰尼斯的旧大衣。它们是我身边仅有的衣物，构成了我的第二层皮肤。它们饱经风吹日晒，我对它们熟悉无比，我用它们来抵御那不期而至的、折磨人的孤独感。我走出去，反弓着背，两脚八字，鞋底像肥厚的鳍一样拍打在鹅卵石上。至于去哪里，我心里有个模糊的方向，但是不急不忙。我温温吞吞地漫步，思绪轻柔地敲打着砖石，我正在独处，或者说，尽我所能地独处，因为此时此刻，还有一颗脑袋正在我的骨盆里，一双脚丫踢在我的肋骨上。我本应十分享受眼下时光，因为这就是我一直以来渴望的喘息，可我却只感到恐慌、感到痛苦，就像是一觉醒来，发现自己的一部分被切除了。我非常想念我的大女儿。我已经习惯了她的影子在我的影子里进进出出；习惯了她不停搅扰我的注意力，习惯了自己对空间的所有感知全部集中在她小小的身体上，她是那么健壮，可又那么脆弱；我已经习惯了她的声音，习惯了被她不停地插话打断思绪，习惯了每当我无话可说的时候，由她的叽叽喳喳来填补我的沉默。我原以为，把关于她的一切从我身边暂时消除，会让我轻松不少；我完全没想到会如此失落、如此痛苦，如此想伸手去触碰她、捋她的头发、拉好她的短袜，而手指却只能触到空气。这并非我第一次离开她。曾经，我也离开过几天几夜。但那时候她还是个胖乎乎的小婴儿，没有推拒我的能力。那时候，她总是趴在我身上，十指并用，甚至嘴也吮着我。她不假思索地认为我应该一直陪在她身边，她无须费力寻找，也无须特别欢喜，因为我的存在不过是意料中的事。所以，在那个时候，我只要离开就能得到暂时的休息：离开她的时候，我可以短暂地感觉自己是完整的。可是现在，她已经不一样了，她是一具独立的身躯，其中有着独立的思想。她已经与我分离了。她与我的分离有多么彻底，我就有多么无法忍受与她分离。我曾以为自己还可以回到奇点，回到我的宇宙发生大爆炸般巨变之前的那一刻；我曾以为我还可以回到从前的常态中去，眼下只不过是暂时偏离常态，只要没有了她，我就能重新成为我自己，依然完整无缺。然而恰恰相反，我现在成了个半成品，一所缺了一面墙的房子。

很久之后，当我又走回酒店、蜷缩在约翰尼斯的大衣里的时候，我将像一只被遗弃的宠物似的，渴望他能实实在在地出现，渴望他像一堵墙挡在我的身侧。我将带着近乎祈求的渴望，想知道自己是否会一直像现在这样希望自己身在别处——当我和女儿在一起的时候，我希望离开她，可当我真的离开她的时候，焦虑却又发出无所不在的回声，我担心世界会崩坏，我度日如年地盼着她回来。我将会无比惊诧地发现：某些显然易见的东西，我竟花了那么长的时间才明白。

我向着河走去。眼前是大教堂高高的圆顶，细雨把它染成了伦敦砖的颜色；后面是群山，它们本该像大教堂的圆顶一样令人敬畏、令人赞叹，然而此刻，它们全都隐入了薄雾里。最后，当我渡过这条河，才发现薄雾其实就是水。我的脚隐隐作痛。不知道为什么，我似乎总要到离别后才能感觉到爱。在一起时，我只觉得烦躁，处处都是麻烦，每天都得洗洗涮涮，给孩子弄专门的药茶，什么都得我照看。于是，我总是怀念有孩子之前的时光，怀念那时的自由自在，可那时我却并没有意识到我的自由——或许，我那时也算不得自由，因为只有当束缚存在时，自由才有意义。那时，其实也有别的事情在束缚我；要是当年做出了另一种选择，我现在就一定会更满足吗？现在的我，觉得自己错失了那一种活法，可要是当年我做出了另一种选择，现在会不会又觉得自己错失了这一种活法呢？

我在波波里花园[1]的一条长凳上坐下休息。可雨越下越大，我只好继续向前,走到“瞭望台”[2]。在一间以石铺地的馆室里，躺着众多蜡质人体解剖模型，手心朝上，露出做工精致的韧带和骨头。他们都躺在玻璃盒子里，身下衬着白色的丝绸，仿佛躺在透明的棺中。我来到这儿，见到的就是这样一幕：被剥了皮的肢体上方，精致的面孔美得离奇，丝线制成的静脉条理细腻，皮肉一层层被除去，只露出一个空腔。

除我之外，这间馆室里再没别人了。不用处于别人的视线下，让我轻松不少。我站在克莱门特·苏西尼[3]制作的解剖维纳斯[4]跟前，她是那么安详，那么完美，半闭着眼睛，脸侧散落着真人的头发，脸庞下方是她敞开的胸腔、她完美的肺、她的心脏，以及，在某个受限于博物馆的布展设计因而看不见的地方，还有一个用蜡做成的人类的孩子，蜷成一团，尚未出生。在她的身边，很难不产生这种感觉：我才是那个仿制品，一堆皮肉而已，而她，她是非凡的造物。她被创造出来，并不仅仅

1 佛罗伦萨著名景点。

2 即佛罗伦萨自然博物馆动物学分馆，欧洲最古老的公共博物馆之一，因其所在建筑曾于1789年增设一座瞭望台而得此代称。

3 克莱门特·苏西尼（1754—1814），意大利雕塑家，以制作蜡质人体解剖模型闻名。

4 主要制作于18世纪和19世纪的一种人体模型，外表看起来是裸体美女，通常胸腹部可打开，露出内脏模型。

是为了教学方便，更因为“科学”曾经只是一种膜拜上帝的途径，而这种将人体层层剥开的方式，是在惊叹上帝所做的复杂至极的工作，是被创造者对造物主的义务。而我自己的身体：关节吱吱作响，皮肤尚有弹性，处处犯疼，处处毛病，与这具静止的躯体相比，我自己的身体有多么糟糕，多么堕落，与它应有的样子差得太远了。我不禁想象，要是我也这样躺着，被剖成一层又一层，每一层都是易于拆卸的壳，而在壳的中央，我的孩子就是那不可分割的果仁，那该是什么样子？要是把所有能取出的内脏都取出来，精心排列在我那敞开了的、永不腐烂的残骸边上，又该是什么样子？处于那样的静止状态，或许我也会是完美的，因为我终于得到了彻底的盘点，我的每一块都被检验完毕、称量完毕、理解完毕，不会有意外，不会犯错误，不会腐烂变质。然而，当一切都完美平衡之后，我还剩下什么呢？

回到酒店，我爬到床上，盖着约翰尼斯的大衣。我尽力让自己睡着，只要能睡着，醒来的时候或许就是明天了。明天我又会回到那堆烦冗的琐事之中。爱有多么让人烦忧，就有多么让人安定，以至于，只有当我被它紧紧捆缚着的时候，我才能感知我的形状，我的位置，我的边界。

III

初次怀孕的第十二周零四天，我躺在高高的金属床上，T恤下摆拉到肋骨上，裤子纽扣解开，布料推到耻骨。肋骨和耻骨之间的一大块皮肤空茫得犹如寸草不生的冻土，平坦光滑，尚未隆起，像是风景画里位于“前景”和“背景”之间的“中景”，只不过这块“中景”的质地是活生生的皮肉。房间里唯一的光源是超声医师的电脑屏幕，幽幽的蓝光射在她的双手、她的衬衫领子和她精心束在脑后的头发上。不久前，我坐在约翰尼斯身旁一杯接一杯地喝水，候诊室里还有其他人，有夫妇，也有独自前来的女人。他们的生活方式或许跟我们不一样，又或许一模一样。我不想肆意揣测他们的生活，所以尽量不去看这些人，而是把脸转向来来往往的每一个穿工作服的人，期望他们能使出搞笑艺人的手段，说几句俏皮话。然而，最终领我们来这间幽暗小室的女人看上去非常干练，她完全融入了自己的职业角色，几乎没有作为个人的存在感。我盯着天花板看。一片寂静中，我袒露的腹部真是不合时宜，近乎失礼。她身上没有流露出丝毫个性或是感情。这让我很好奇，她是不是有意为之呢？比如说，要是她现在真情流露，那么等到她真正需要动感情的时候，她可能会懊恼自己早先把感情浪费在了我们这种普通人身上，毕竟我腹中活蹦乱跳的孩子又没有什么特别的；又或者，她此刻的表现本身就已经是一种先发制人、早有预谋的体贴：因为B超的结果很可能对某些家属来说是灾难性的，所以她得保持一贯的淡漠，免得届时嘴角或眼角骤然绷紧，态度从友好变成怜悯，她骤变的表现肯定会打击到那些家属。约翰尼斯在我左边，弯着腰坐在一张塑料椅子上，那椅子对他来说太小了。我想我们本该手牵着手，可是要去牵他我就得把手臂别扭地拧到肩膀后头。我不乐意，我已经养成了根深蒂固的坏习惯，理所应当地把我自己的舒坦放在第一位。

末了，超声医师站了起来。她摆弄了会儿床边的大机器，调了调显示屏的角度，开口对我说："会有点凉。"

然后她就把一种凝胶挤到我的肚子上，真的很凉，很刺激，之后我还得尴尬地用纸巾把它擦掉。这类微小的尴尬仅仅是个开始，接下来的六个月里，一连串的窘迫和难堪将会一层又一层地剥掉我的自尊，到最后，我只不过是一块肉，一丝不挂地躺在另一个房间里，任凭陌生人在我身旁走来走去，我只是一块会尖叫的肉。医师前后挪动着超声波探头，把它往下压，压到我受不了为止。她的视线越过我的肩膀落在显示屏上。约翰尼斯和我还没法看见显示屏的内容，于是我就看着她的脸，她由于专注而微微蹙着眉。我尽量强迫自己去思考：有什么东西是我们即将失去的？前一天夜里，约翰尼斯和我肩并肩坐在沙发上，零星交换几个字。虽然只是只言片语，但它们仿佛都生了触须，小心翼翼地往危险的领域伸去。我们谈的是“我们可以做些什么”，但我们都没有明确直白地提。

“我不知道……”

我说，“我不知道我会有什么感觉，也许会很可怕……”

也就是说，我其实一直都知道我们会下怎样的决定，但我并不清楚我会有多内疚多痛苦，到目前为止，所有的结果在我看来都还仅仅停留在假想层面上。我担心自己对腹中的实体全然无感。假设目前它是个健康无虞的胎儿，那么它的未来就有无限的可能，也许会经历病痛，也许会背负责任。如果将它看作这样一个孩子，我在下决定之前自然会明白选择项是有限的。可是现在，与其说它是个活生生的孩子，还不如说它只是个抽象的概念。

终于，医师脸上的表情舒展开来，甚至有了点笑意。她把显示屏转过来让我们都能看到，接着熟练至极地把胎儿的身体部位——头、腿、膀胱、心脏一一指给我们看，这是对我们耐心等待的奖励。我好像应该说点什么，于是我就说了几句表示惊喜的话。我试着去相信屏幕上那片颗粒状的阴影就是孩子，是我们的孩子，不是一缕魂魄、一个幻影，而是真真切切地与我们一起置身于这个房间里。我反复念叨那几句话，以此让自己适应这个事实。

我们花三英镑五十便士买下了超声照片。其实我们并不是真的想要，也不知道能拿它派什么用场，这张照片太私密了，也太没人情味了，根本没法公开展示。我们是搭公共汽车回的家，照片装在卡纸套子里，夹在我的病历本里。星期二早上的城市有种异样的感觉，让我想起从前上学的时候偶尔会获准在午饭时间离校去看牙医，一走出课堂那个自洽的小世界，就好像踏进了异世界——与我正常离校的傍晚和周末不一样，就连气温都差了两度；这个世界比平时人要少，空空荡荡，勤勤恳恳，安安静静，孩子们都在别处。秋千还垂在操场边。报刊亭里没有人。大人们自顾自在街头吃着三明治。而此刻，就和当年一样。光影的边缘太过锐利，黑白分明。邮局门口排着队，一个男人坐在图书馆门口的台阶上，一个女人跪在啼哭的孩子身旁。公共汽车上只坐了一半的乘客，可是车开得并不稳，每一次刹车都让人不得不重新把购物袋和手推车放好。而这很快就将成为我的世界——下午出门买香蕉，推婴儿车散步，充分利用公共空间,在长椅上打发时间。当其他人都在别处的时候，我所在的这个世界就如此缓慢地运转着。

我们去超市买面包和火腿当午饭，在乳制品区徘徊了一阵，我问："要买牛奶吗？"

话刚出口，我就觉得自己好像在照着剧本念台词。约翰尼斯与我站得很开，彼此没有挨着。我想让他安心，也希望他能让我安心，可是我发现两样都做不到。当我们在B超室里一起看着显示屏的时候，我们看着的那个东西似乎不在我的体内，不是有血有肉的生命，而是存在于我们之间的空气中。它原本是极为私密的东西，它的边界就是我的边界，然而，就因为它现在是一个被主体注视着的客体，它的性质就变了。我在未曾预料的情况下怀上了这个孩子，仿佛是让约翰尼斯在我体内钉进了一个楔子，哪怕这个楔子能钉进多深还有待商议，哪怕只是暂时地、有限地允许它钉入，就好比允许一条小路临时改道从私人花园里穿过，可我仍然能感觉到自我被迫缩小了，我的国境线在往里退，某些原本在我境内的东西如今成了境外之物。我变弱了，一举一动如履薄冰，以免受到进一步的入侵。不过，虽然我做出了退让，却也获得了某种优势。尽管我出让了自己的领土，却依然保留对它的主权。我的身体横亘在约翰尼斯和他的孩子之间，我仿佛获得了一种隐晦的权利：只要我想，我就可以无视约翰尼斯，独享与孩子肌肤相亲的特权，我拥有不可或缺的位置，而他没有。我走在医院的走廊里，他跟在我身后，他不过是个可有可无的配角。所有的旁观者都心照不宣地默认：他肯定没法像我一样有那么强烈的爱意，也不会有失落。但实际上，他的生活也变了样，所以最后很难说我们究竟是谁占了谁的便宜。在超市排队，站在买二十五瓶卫浴清洁剂的男人后面，我第一次意识到我们的行为带来了意想不到的后果：在决定要孩子的过程中，我们已经成为我们曾经想要成为的人：彼此不可分割地联系在一起，交缠在一起，难解难分，就好像冥冥之中孩子的基因有一部分已经转移到了我们身上，现在我们各有一部分属于彼此。所以，排队结账的时候，我们小心翼翼地站得与对方保持距离，既是为了保护自己，也是为了保护对方。

我们在餐桌前吃完了三明治，就回到各自的房间去工作。我坐在书桌前，尽量找出平时常做的事来做，要不然总觉得是在空等着什么。整个上午我都忙于工作，连自己身体不舒服都忘了。可是那种不舒服的感觉到底还是回来了：本来只是全身乏力，然后是一阵接一阵的恶心反胃，怎么也停不下来，分不清究竟是更累还是更想吐，再后来，疼痛又发作了起来。我再也无心工作，不得不随便找点事干来纾解一下自己。于是，我从一抽屉的零碎里翻出了一张照片，它是几个月前我从一份报纸上剪下来的，当时并不知道剪下它有什么用。照片上是土卫六的地表。作为土星众多卫星中最大的一颗，它是由冰块和岩石构成的球体，直径五千公里，包裹在氮气云层中。拍下这张照片的是惠更斯探测器，它是以荷兰天文学家惠更斯的名字命名的。1655 年 3 月，正是惠更斯用他自己设计的望远镜首次观测到了土卫六。三百五十年之后，惠更斯探测器终于走完了耗时六年半的旅程，途中除了金属发出的嘀嘀声，就只有无边的死寂。当它最终着陆时，预期的电池寿命只剩下三十分钟多一点儿，而这短暂的残余寿命将成为它漫长旅程的高光时刻。接着，惠更斯探测器就在太阳系外的坚实地面上完成了它与生俱来的使命：它的最后一项任务，也就是把它所在之地的图像发回无数英里之外。照片中的地面呈现颗粒状，布满了大大小小的石块，那些石块都是光溜溜的卵形，不明就里的人可能会把它们当成气泡或者植物的细胞结构，照片的上沿露出了与地平线相接的天空，天空的颜色像沙子一般。我把这张剪报钉在书桌上方悬挂的软木板上，又把从医院买来的女儿的超声照片钉在它旁边。这两张照片，不管是把它们并排放在一起看，还是把它们单独分开看，感觉都一样：完全没有意义，彻底无法理解。这两幅场景，前者是太阳系外的地表，后者在我自己体内，某样东西在那里生了根，一个细胞一个细胞地成长着，向往着终有一日能体验到阳光下的草地或紫罗兰的气味。这两幅场景的共通之处在于，它们都存在于我所构建的世界边界之外，存在于已知事物可以到达的领域之外，存在于朦胧莫测、遥不可及的地方。这两幅场景既没有色彩，也没有温度，它们仅仅是光学频谱，甚至无法用语言表达，只能通过比喻来形容（可是，就算我说“它就好像那个什么东西一样”，你也会觉得根本什么都没说清楚）。我也无法对二者进行概括：它们没法再放大，也没法再简化，我们能看到的仅仅是表象，除此之外完全无法想象，甚至就连表象本身都只不过是一种隐喻。很久以后，我又看到了一张火星表面的照片，它是彩色的，分辨率很高，陡峭的岩石在红褐色的土壤上投下阴影；我也看到了不少胎儿在子宫里的三维图像，从图像中可以辨认出它们尚未完全成形的脸部的每一个细节，五官还不清晰，脸部平滑光洁，身体短小敦实。可是，这两种画面却没有那种冲击力，因为它们都太像我们所熟悉的东西了：前者像一月份的土地，尚未耕种；后者像小小的玩偶娃娃。它们看上去清楚明了，以至于失去了奇诡的感觉。尽管画面中的东西并非我们所熟悉的，但它们完全可以跟真实可感的现实事物相类比。所以，我很容易一不留神就忽略了它们，把印着它们的那一页翻过去。而眼前这两张同为颗粒状的照片，土卫六和我的女儿，它们的画面都像是灰尘或静电构成的，像幽灵与幽灵间的交谈，奇诡无比，凡人无法理解。这两幅图像之所以这么怪异，是因为它们看上去与我们熟悉的任何事物都不一样。看着这两张照片，我想，这个孩子此刻正在羊水中缓缓生长，可我想象不出她的样子；她明明就在我的体内，却又在我无法触及之处。我什么也做不了，只能坐着，沉默着，思量着世事有多么不可思议：思量着我自己，思量着约翰尼斯；思量着真真切切发生了的事，以及那些原本可能发生却并未发生的事。我发现，我们的生活似乎只是一条穿过阴影的小径，它是那么狭窄，窄到不可思议。

1750 年冬天一个寒冷的早晨，三个男人站在考文特花园的地下室里。在他们面前的桌上，横陈着一具孕妇的尸体，清晨灰色的天光笼罩着她。这具尸体是前夜从伦敦的一处大型墓地挖出来的，刚刚经由威廉·亨特新办的解剖学校的后门送到这里。除此之外，他们对她的过去一无所知——她叫什么，生在哪里，住在何处，谁会为她的死而伤心？很快他们就会发现，胎儿的头已经进入了她的骨盆，她原本就快要分娩了，所以她为什么会在孩子临盆的时候死去？在场的有这么几位：首先是威廉，他是个雄心勃勃、一心想挤进上流社会的妇产科医师。他在一间解剖学校任教，而当时解剖学校仍被看作充满争议的新生事物，因为绝大多数医疗界专业人士依然认为，了解人体构造对提高医疗水平没什么用处。然后是那个已经死去的女人，她的躯体现在只是一件物品、一个样本。她也曾是独一无二的人，但此刻屋里的人感兴趣的仅仅是她与其他人类的共通之处。还有约翰·亨特，他是威廉的弟弟，以及画家扬·范·莱姆斯戴克，他一听说女尸运达，就从床上爬起来赶到了这里。尽管天气寒冷，尸体不至于那么快腐烂，但他们还是得争分夺秒。约翰刚到伦敦两年,活在哥哥的阴影之下。他的性格尚未定型，抱负也尚未确定。他有强烈的好奇心，但这种好奇心常被当成小年轻的一时冲动。不过，他当时就已经展现出了杰出的解剖才华，而且显然比威廉更精于此道。所以，极有可能正是约翰精细地剥开了这个无名女子的皮肤：小心翼翼地将皮和肉分离，好比拉开厚重的窗帘才能看见远处的地平线；将蜡和染色剂的混合物注射到血管里，血管的走向便历历在目，仿佛为领土新绘了一幅地图；最后，在她的子宫上割开长长的刀口，将他们三个从未看见过，也没有其他人想过要看的一幕呈现在面前：一个已经足月但未能出生的胎儿，紧紧蜷缩着靠在胎盘上。约翰把皮围裙系在衣服外面，干起了活儿；扬·范·莱姆斯戴克在一旁画了很多画，日后，这些画将被复制为版画，成为威廉最伟大的作品《人类妊娠子宫的解剖学图解》的主体。这部作品是怀孕各个阶段的女性身体图集——日后，约翰·亨特和扬·范·莱姆斯戴克都想不通：这部作品中究竟有威廉的几成功劳，何以他把自己的名字放在如此显要的位置？也许，就因为威廉是出主意的人吧。这部作品的订阅量是靠他拉升的，雕版师也都是他雇来的，不过，整件事中，主刀的不是他，画画的也不是他。

这些画，以及接下来二十年里莱姆斯戴克为威廉·亨特画的其他画,统统是非凡之作——那本解剖学图解中,虽说并非所有作品都出自莱姆斯戴克之手，但大多数都是他画的。在最早的这几幅画中，那位女子的身体只剩下丰腴的躯干，上半身没有出现在画面中；在大腿被锯掉的地方,股骨的断面清晰可见；胎儿既完整又漂亮。这个孩子仿佛一直在那儿睡着，已经准备好了，只待分娩的那一刻，然而，那一刻被永远地推迟了。他脑后卷曲的头发被莱姆斯戴克一丝一缕地用铅笔描绘了出来，他的脖子深深地缩在两肩中央，使我瞬间回想起女儿出生时的情景：她有紧致的皮肤，结实得出人意料，像一个包装得很好的包裹，闻起来有一股饼干和甜茶的味道。莱姆斯戴克笔下的这个孩子，耳朵被压得平平的，是因为长时间被困在狭小之处所以变了形，新生儿的耳朵通常都是这个样子的。他的右手放在脸侧，手指蜷曲着，但我们看不见他的脸。他的小脸朝里，面对着母亲的身体。假如活着的话，他在母亲的怀抱之中也会这样做的。他的另一只手臂紧贴着肥圆的小身体伸了出去，指向母亲肋骨的下缘（不过画面中并未画出肋骨来）,也指向他自己交叉的小脚丫。我不忍心看这一幕，却又无法转头不看，因为我从中看见了活生生的孩子是怎样躺在母亲怀中的：他们下意识地、全身心地信赖母亲，觉得母亲一定会给予他们周全的保护；他们的脸转向我们，结实的小身体深深嵌入我们半弯的手臂。我们通常以为，是在见到孩子以后我们才会情不自禁地想要对它负责、想让自己值得被它托付；我们还以为，是在孩子出生以后，我们的关怀和慈爱才换来了孩子的信赖——然而事实却是，这一切早在我们与孩子相见之前就已经发生了。爱的存在与我们的行为无关，它是不劳而获的，是赊欠的。孩子早就已经摆出这样的姿态，出生以后只是将其重现罢了。孩子在我体内辗转反侧，而我对此一无所知，还在做着自己的事，我们被赋予了对孩子的生杀大权。为什么抱着熟睡的孩子会让我们感到痛苦？因为孩子会让我们明确地感受到：信任是一种礼物，就像鸡蛋一样脆弱，所以我们必须小心翼翼地把孩子抱在怀中，竭尽所能地把自己的身体营造成安乐窝。所有这一切都在莱姆斯戴克的画中表现得恰如其分，没有煽情，没有怜悯，只有观察入微的如实呈现。他用精准的线条和色彩忠实再现了所见之物。

尽管威廉·亨特声称自己拥有考文特花园解剖室中一切成果的所有权，可我还是对约翰的人生更感兴趣。他沉迷于解剖学，一生收集了无数标本，还凭借钢铁般的意志，无视世俗陈规，彻底革新了外科手术的方法。他对出版自己的作品没什么兴趣，某些人觉得写下来的东西比亲眼见证的东西更为重要，而他对此嗤之以鼻。他只按照自己认定的方式去做事，最终，世界开始追随他的脚步。然而现在，看着《人类妊娠子宫的解剖学图解》这部书中的图片，我心中所想的既不是约翰也不是威廉，而是画家扬·范·莱姆斯戴克。他拿着粉笔盒站在约翰身后，他的手指冻得僵直，还得尽量保持画纸边缘干净，因为有些尸体已经开始腐烂，肢体和器官被切下来，成堆地丢弃在房间的角落里。关于莱姆斯戴克,我们仅仅知道他是医学插画师,他没有留下任何生活方面的线索。他出生在荷兰，但具体地点和年份已经佚失，他何日来到英国、到了后从事什么工作、在伦敦居于何处，也同样无人知晓。当然我们也就无从知道他是如何蜷着身子在解剖室里度过无数个冬日的清晨。威廉·亨特很有可能给他提供了住宿，以便在需要他施展画技的时候对他随叫随到，毕竟时间是检查身体精细结构的关键，因为人一旦死亡，血管和细胞膜就开始腐化。当然，约翰很可能也会和其他画家做同样的交易。显而易见，莱姆斯戴克对自己干的这份活儿并不满意。他有他的抱负,比如成为一位肖像画家。至少,他可以记录活生生的生命。总比待在这些冷冰冰的房间里与尸臭相伴要强。1758 年，在为威廉·亨特画出第一幅画的八年之后，莱姆斯戴克离开伦敦去了布里斯托，在那儿，他决心奋斗成为一名肖像画家。可他没能成功。他为自己和小儿子安德鲁找了个住处。关于安德鲁母亲的记述同样是缺失的，她的面目对我们来说是一片空白。莱姆斯戴克登广告找活儿干，他一点也不想再当外科医生手下的劳工了。可他很难接到活儿。好不容易接到一个活计，却依然躲不过那股停尸房的气味：外科医生威廉·巴雷特请他为自己画了一幅肖像画，实则希望借机说服莱姆斯戴克为自己贡献出他真正的才艺——但莱姆斯戴克拒绝了。由于实在找不到称心的工作，莱姆斯戴克沦落到去为旅馆画招牌，时不时地酗酒。虽然那个年代很多人都过得相当不堪，可莱姆斯戴克在其中依然算是特别不堪的那种。实在过不下去的时候，他就只能指望巴雷特办的小型慈善机构了，那儿能接济他几顿饭，给他几件旧衣服穿。最后，熬到 1764 年，他终于接受了自己失败的事实，回到了伦敦，怀着怨愤之情重新拾起了他丢下的工作。所以，我们可以看到，莱姆斯戴克在为威廉·亨特绘制妊娠子宫解剖插图的过程中出现过一段不太光彩的空白，如今又接上了。与他一起工作的还有约翰。约翰先前在葡萄牙当了一段时间的军医，如今刚刚回到伦敦，正想方设法为自己扬名，不想再活在哥哥的阴影之下，为此，约翰跟一位牙医合伙，利用业余时间琢磨怎么把人类的牙齿移植到小公鸡的头上。莱姆斯戴克又继续干了六年，不过，自他从布里斯托回到伦敦，他确实变了——也许是一种屈辱的刺痛感让他下定了决心。他没有再像在布里斯托的时候一样潦倒沉沦，而是把钱攒下来，一直攒到他认为足够开始创作他心目中的伟大作品：1772 年，他带着安德鲁一起向大英博物馆提交了申请，希望能获准为馆中的展品作画，并将它们编成一本以大英博物馆命名的图册。这套图册最终于 1778 年出版，序言中，他终于将平生的不得志宣泄了出来，他认为自己的才华长期得不到认可，寂寂无闻，受人利用，因此满心怨恨；他认为威廉·亨特一直都在占自己的便宜，因为威廉总是劝他放弃体面的职业，鼓动他继续廉价出卖自己画尸体的本领。不过，一想到莱姆斯戴克，我眼前浮现的却是这样一幅画面：解剖室的窗户仿佛荡漾的水面，反射在上头的影像周围都泛出了波纹；胎儿才五个月大，森冷的光线落在他低垂的脑袋上；这个未能出生的孩子连同他安睡其中的子宫一起被移到了一张木桌上；正如我们所看到的，这一幕被这个男人画了下来。毫无疑问，他的天赋正在于此——他能够再现事物的表象。而我认为，这也正是扬·范·莱姆斯戴克最可悲的地方。他的可悲其实不在于他的才能被浪费或是被大材小用，而在于，他的才能本身就并不完整，作为一个艺术家，他并无巧思。看见一样东西之后，他只会依葫芦画瓢，眼睛看见什么，手就照着描下来：事物的表象跃然纸上，皮肤的每一个褶皱、身上的每一根毛发、脸颊上的每一道阴影，乃至每一片指甲、每一双闭合的眼眸，无不惟妙惟肖。他的这份技能用于为威廉·亨特画尸体素描已经足够，甚至可以说已经绰绰有余，观者可以自行补全其余的内容，因为画中的主体本身就足够煽情。但若是让他画一个活生生的对象，画一个不足以激发观者悲悯或恐惧的主题，那么我猜想，他的作品恐怕就难以让人共情了，就好比说着一门连自己都不理解的语言，自然只能发出沉闷的声响，激不起任何回应。在画布上，他能画出的仅仅是事物本身，甚至也许连这一点都做不到：莱姆斯戴克的画体现不出任何个性，也不能使他画的东西在表象之外引申出任何内涵。对他来说，世界看上去是什么样子就是什么样子，他的本事就是将它再现；他也隐约意识到自己缺失了某种能力，但却始终不知道究竟缺了什么，这让他的痛苦更加深重。

经历了几个月的失望（失望中却又暗暗夹杂着一丝庆幸）之后，我终于发现自己怀孕了。我坐下哭了起来，自己也不知道为什么要哭。约翰尼斯坐在我身边，他并非无动于衷，但他不知所措。我本以为自己会非常开心，至少不必再体验在悄无声息的卫生间里一次次使用验孕棒的那种焦虑，也不必再看到约翰尼斯脸上那种慌忙遮掩起来的失望。然而，比起开心，我的心情反而更接近悲伤，我产生了一种断裂感：过去已经不可追回，未来又突然变得无比渺茫，原本习以为常的东西失去了确定性。怀孕并不是意外，却依然对我造成了很大的冲击，我整晚一动不动地蜷缩在沙发上，盖着毯子，流着眼泪，约翰尼斯则坐在我旁边，满脸担忧，一声不吭。我紧紧抓着他，拼命告诉自己并不孤单。只不过，当时我还没有明白这件事的全部含义：此刻的孤单其实来自过去，将来我反而可能会渴望这份孤单，会怀念自己的身体尚未受到触犯时的平静状态，无论触犯来自内部还是外部。

第二天早上，我给医生打了个电话。不过，当那边问我："能告诉我您预约的原因吗？"

我竟然没法说出那个词。我没法理所当然地把自己看作孕妇中的一员，因为我依然做不到像她们那样经验十足，仿佛生来就有做一个好母亲的能力。预约好以后，我去了诊所，听医生滔滔不绝的宣讲。显然，那些话他都精心演练过，已经向无数人说过无数遍，他的话语传到我左耳上方的虚空之中。他一边讲一边摆弄着鼠标，跳动的光标似乎在盼着我离开这里。我静静等着他叫我拿出证据，然而他似乎对我说的话毫无怀疑——毕竟，我有什么理由说谎呢？他对我说："头疼的话，你可以吃点扑热息痛。"

"我已经不头疼了。"

"接下去你可能还会疼的。其他还有什么感觉吗？"

"就觉得有点儿累。"

说是这么说，其实我真的没什么感觉，也不知道该拿什么样的感觉当作"正常"的参考标准。后来，几乎每天早晨我都躺在浴室的地上，累得动弹不得，直到又一阵恶心袭来，迫使我爬起来，伏在抽水马桶上干呕；然而，即便如此，我还是不知道这算不算“正常”,也不知道除了默默忍受这一切我还能做些什么。医生耸了耸肩，转过身去说:“要是感觉到疼，或者有出血现象，马上挂急诊。”

自那时起，时间就被慢慢切割开来：一年的三分之二被分成一个又一个月份，每个月又被分成星期，再分成每一天。每一天都得数着过，仿佛等待着接受宣判；每一天过去，时间又再度校准，重新开始计时。日子照常过着，但新的状况时刻在发生，仿佛一所被彻底拆除又重新建起的房子。我在医生那儿建了档，我的情况也得到了确认，于是我走出诊所，手里拿着一沓宣传册，上头推荐了一些分娩方式和医院，还告知我摄入贝类、咖啡和奶酪的风险……我看着身侧走过的其他女人，神思恍惚。我坐在公共汽车上，觉得自己在两个世界中都是冒牌货：我不再是孤单一人，却又无法跨过那道坎，无法把自己看作和其他孕妇一样。即使在我生完孩子以后，经历过了整整十个小时语无伦次的大哭大叫，可是我依然觉得自己没把事情办好，从某种程度上说，我虽然有了亲身体验，却依然缺了点什么，所以依然做不到胸有成竹、驾轻就熟。经历过的事情给我留下的仅仅是画面，所以，我依然不能算是一个合格的母亲。因为胎盘功能不良，加上我的血压不断升高，我们不得不选择提前让女儿出世。由于输送给她的营养不够，又由于她没法像足月的婴儿一样在母亲体内得到最后几周的巩固，女儿出生时只有足月生产的一半大小，皮肤泛着微青，紧紧地绷在颅骨上，背部的脊椎骨看上去仿佛放在床单下的一串珍珠。她躺在我怀里，一点分量也没有，她的眼睑低垂，遮住了坚定的目光，我几乎不敢碰她。从医院回到家，我又哭了，我只好让约翰尼斯把她抱起，放下，给她换衣服，最后把她递给我喂奶，因为我实在太怕触碰她了。接下来，我们又开始数着日子过，但这一回不是倒计时，而是正计时，从几天数到几个星期，再从几个星期数到几个月，可是快乐并没有如期而至。我耐心地等待着，在漫长的黑暗中等待着，等待着我的重生，我相信，只要那一刻到来，我一定就能感受到自己应该感受到的东西，我会感到内心很笃定、很澄澈、很快乐。然而，我什么也没有等到。我反而感受到了某些复杂得难以名状的东西——忽而感到责任重大，忽而又感到非常害怕。只要我和女儿不在同一个房间里，难以遏制的痛苦就开始折磨我，只有当她终于安静入睡，我才能得到精疲力竭后的稍许轻松。我日益明白，我将永远像现在这样被两个极端撕扯着，我的胸中将永远充盈着保护她的冲动，也就是说，哪怕我觉得连一分钟都受不了了，但只要一听到女儿的啼哭，我就依然会从床上爬起，摸黑向她走去。我至今无比困惑，爱究竟是如何点点滴滴汇聚起来的？不知从什么时候起，我遭遇的那股强烈的冲击感终于平息下来，我曾以为自己的生活只是暂时失去了平衡，现在我终于明白，这就是生活的常态：再也睡不了整觉，椅子上堆着洗不完的衣物，这就是成为母亲以后的生活。所以我不得不接受现实，设法见缝插针地挤出时间来。这种新的生活状态日复一日，周而复始，或许我已经习以为常了吧，以至于我几乎想不起在这之前我的生活是什么样子，自然也就无法再将两者进行比较。虽然我依旧无法确定自己到底算不算快乐，但要是让我假想一下生活并非眼下的样子而是另一种样子，那我真的完全受不了。

可这些都是后话了，而当时，这一切还尚未发生。在怀孕的头几个星期，很快，我无时无刻不想呕吐，每天越来越困倦乏力。最后，“困倦”这个症状仿佛成了一大块硬邦邦的固体，休想撼动它分毫。我并没有体会到据说会有的喜悦之情，只有一种小小的、隐秘的失落感。而且，当我执行那些必要的流程，诸如选定医院、预约助产士、提供尿样、把血抽进小瓶，明明所有的证据都指向我将生下一个孩子，我却完全无法相信它真的会发生。

1767 年 12 月 21 日，约翰·亨特又一次站在一具女人的躯体旁边。这一天,距离他在哥哥威廉的注视下解剖孕妇尸体、扬·范·莱姆斯戴克在一边速写，已经过去了十七年。这一回，这个女人虽然已经到了弥留之际,但至少还活着,而且不是无名氏，她叫玛莎·罗兹。她二十三岁，不到五英尺高，骨盆严重扭曲以至于无法产下腹中的孩子。一天前她就进入了产程，然而助产士无计可施，只好请来了伦敦医院的外科医生亨利·汤姆森，而亨利又请来了约翰·亨特，让他帮自己一起完成剖宫产手术。尽管当年考文特花园解剖事件中在场的三个人里只有威廉当上了产科医生，但实际上在技术和实践方面真正享有盛誉的还是约翰。更何况，现在威廉已经顺利踏入了他渴望已久的上流社会，成为夏洛特王后的医生，所以他是不会来这儿的。这所房子离泰晤士河很远，藏在弗利特街北侧的某条窄巷里，离鞋巷有段距离。除了亨利·汤姆森和约翰之外，在场的还有一群男人，有的是内科医生，有的是外科医生，他们挤挤挨挨地围住了桌子。玛莎就躺在桌子上，头靠在枕头上，腿耷拉下来。这群人之中，没有人做过这种手术，连见都没见过。

是好奇心驱使着他们爬上旋转楼梯来到这里。他们期待能在这里目睹非比寻常的壮举。因此我可以想象，这群人身上一定洋溢着嘉年华般的气氛，不仅仅是兴致勃勃，甚至还有点兴高采烈。每有一位新的来访者抵达，他们就紧紧地握住彼此的手，搂住彼此的肩，正如两个半世纪之后，另一群人聚集在一起，等待惠更斯号探测器送回第一张卫星的照片；也正如裹得严严实实的人们在嘉布遣大道上排了整整一下午的队，就为了一睹那个名叫安德蕾·卢米埃尔的小婴儿轻轻拍打金鱼缸。“期待”露出了一条细缝，于是藏在“期待”背后的超凡之物被一把攫住，将“知识”裸呈于面前，在场的全是见证人。但我无法想象玛莎的恐惧。据汤姆森说，她“高高兴兴地”同意进行手术，可这实在难以让人相信。也许，他是把“筋疲力尽”错当成了“坚韧不拔”,把“不顾一切只想结束痛苦的绝望”错当成了“对他们提出的方案表现出沉着镇定”。我还能记得,我自己临产的时候就是这样想的，因为分娩的痛苦似乎永无止境，我也搞不清是什么人在周围来来去去,或许是产科医生、助产士,或许是麻醉师,反正我抓住每一双我能抓住的手,向对方哀求。在怀孕的几个月里，玛莎肯定已经对这一刻心里有数；她恐怕也曾希望孩子的个头小一点儿，这样她和孩子的生机或许就能不比普通产妇和婴儿低。死亡风险是有的,但也并非不能一搏。正是她的这份希望让整件事成为可能。我很想知道，当孩子的小脚踢着她扭曲的椎骨,当她权衡着孩子的性命和自己的性命,当她的脑海中翻腾着所有可能发生的结果，她是否曾在那些痛苦的长夜中始终无法入睡呢？最终，她的身体没有任何好转的迹象，她所有的一切只剩身下的桌子，只剩这群男人，还有他们给她注射的鸦片剂。很多时候，怀孕似乎就相当于将可选择的范围无限缩小到了一个点：你将会躺在某张床上，等着风险不断上升，肉体被疼痛撕裂，脑海被疼痛掏空，最后，你身上出现一个巨大的伤口，同时也是出口。即便如此，你仍然不会愿意相信：除此之外，真的别无他法。即使在当今，我所面临的已经是一条被前人探照过的道路，不必再在黑暗中摸索，已经有了硬膜外麻醉、超声波、外科医生的丰富经验，我的身体也已经拍片、成像、为医生所熟知，可是，即便如此，我依然满心恐惧。

汤姆森划开了玛莎的肚子。他把没洗过的手伸了进去，把孩子拽了出来，孩子当即啼哭起来。孩子一被取出，玛莎的子宫突然开始收缩，让男人们惊慌不已。约翰·亨特不得不出手相助，把流溢到子宫位置的一大堆肠子摁住。然后汤姆森把伤口缝合，当针扎进玛莎的皮肤时，她哭叫起来，据汤姆森说，这是她唯一一次表现出痛苦。五个小时后她就死了，孩子比她多活了两天。她死去的时候汤姆森和约翰都不在场，但事后他们又来为她验了尸，连威廉·亨特都来了。他们找不出她的直接死因，不过，约翰·亨特附在汤姆森手术报告后面的笔记中如此写道："如果一位作者能够坦率公正地讲述自己失败的案例，无疑会赢得更多的尊敬和信赖。世人自会评判本次手术的成功概率有多少，风险有多大，做这次手术是否明智。"——进步是渐进的、缓慢的，也是残酷的，但至少是迈出了一步。等到 1793 年，约翰·亨特的一个学生将会协助参与一场剖宫产手术，而那位产妇在术后存活了下来。

做完 B 超后的那个晚上，我躺在床上，肚子贴着约翰尼斯的后背，听着他缓慢的呼吸声。他的每一次呼吸末了都带着鼾声。我一直很讨厌他这样，久而久之习惯成自然，反而对这种声音产生了感情。那天晚上稍早的时候，我本打算收拾一下衣物，可我一上楼走进卧室就忽然困得无法自拔，于是倒在床上，盖上毯子，一下子就睡着了。后来，约翰尼斯上楼把我弄醒，帮我脱掉了衣服，又把被我压扁的鸭绒被重新抖得蓬松。可是到了这时候，尽管我仍然累得要命，头昏脑涨，还觉得很冷，我却睡不着了。我闭上眼睛，顺势想象着我们俩，我们俩并没有完全结合在一起，我们各自的皮肤无法穿透彼此，只能将我们生生分开，虽然我们能感受彼此的温度，但却不会容许对方进入，每一次触摸都肯定了我们的亲密，同时也确认了我们并非一体。我也想到了孩子，她就横亘在我们之间，依然更像是“我的”孩子，而不是“他的”。对约翰尼斯而言，孩子在很大程度上仍然只存在于概念之中。到目前为止，他的生活基本没有改变；而我却面临着一系列的禁令，体会着身体的种种有心无力，我的内部生态正在经历一场由慢变快再变慢的重建工程。对他来说，只要满怀期待就好了，跟等待圣诞节到来没什么两样，快放假了，所以提前按部就班地、开开心心地把手头的事情扫尾完成。他得一直等到亲手把孩子抱在怀里，才能体会到那份重量。孩子将会是他爱的对象，但与他是完全分开的两个人，就像他和我的关系一样：对方就像一个谜、一本书，需要从外部去学习和理解；而且，无论多么全情投入地去理解对方,都不可能理解得分毫不差。他不会像我一样面临这种难以言喻的暧昧状况：我得将一个陌生人窝藏在自己体内，离我近得不能再近，而我还不知道这个陌生人的名字，甚至未曾谋面。许多个午后，当我步行穿过城市，我就细细思量，想要找出自己与未出生的孩子之间的联系。可我并不是那种能够和腹中之物聊天并产生亲密感的人。在我看来，我的孩子依然遥不可及，飘浮在我无法进入的虚无空间之中，一想到这里，我就觉得自己特别无能，越发难受起来。而这正与约翰·亨特的发现不谋而合：那个寒冷的早晨，在他哥哥位于考文特花园的房子的地下室里，当他俯身看着那具被剥皮肢解的女尸，他发现，即使在子宫内，孩子与母亲也并非亲密无间。他用灵巧的手指向胎盘上精密的毛细血管注射液体，比起处理活生生的人体组织，他会以更加轻柔的动作对待已经开始腐烂的组织。这时，他发现胎儿和母亲的系统是彼此独立的，虽然共生但并未合并，就像两个迷宫的地图重合在一起，道路相互重叠但并不交叉，每一条道路都只通向它自己的迷宫尽头。孩子与我共享呼吸，共享食物和水，但我们仍然是不一样的：我们俩之间仅隔一个细胞的宽度，却依然无法与对方合二为一，我们是不一样的。

黑暗中，我躺在约翰尼斯身边，忌妒他可以雷打不动地熟睡，忌妒他可以随心所欲地翻身。我好想按下暂停键，容我先厘清思绪。我又一次产生了这种想法：希望怀孕就跟看电影一样，可以随时暂停，然后走开干点别的，等什么时候闲了想要消遣一下或者想要动动脑子的时候，再回来继续。我想暂时回到“没怀孕”的状态中去。在第一次怀孕之前，我始终把自己的身体看作一种工具、一种必不可少的机械装置，它基本能够自行运转，除非出现故障，否则它总是遵循我的指令。因此，当我发现自己的主宰权突然被剥夺了，从前的想法不过是自以为是，我顿时觉得身体背叛了我。我的身体不再听从自己的使唤。虽然我但愿自己可以置身于别处，但愿可以把躯壳留在皱巴巴的床单上，但愿下楼去坐在黑暗的厨房里，但愿自己不再浮肿、一身轻松，可是在我的内部，某些细胞正在分裂为更多的细胞，不假思索、一刻不停地生长，在长出心、肺、眼睛、耳朵、指甲……腹中的宝宝已经在自行其是，她的想法我理解不了，触碰不到。

如果说，扬·范·莱姆斯戴克的天赋在于能看到事物的表象，那么相应地，约翰·亨特的天赋也许就是能看出对表象可以进行怎样的开拓，他能看出一样东西内部的褶皱可以如何压平、展开。在其他人看来，人体似乎是一个孤立的实体，是一台无知无觉的机械装置，人们对它的恐惧远远超过对它的理解；然而，对亨特来说，人体就是一口装着东西的瓮，完全可以对它的内部进行挖掘，只不过挖掘工作得在冬天进行，因为寒冷可以延缓腐烂。他挖掘出长久以来隐藏在内部的奥秘，包括沉甸甸的器官，肺，淋巴系统，树状静脉，心脏的腔室。他看着它们，用手掂量它们的重量，感受它们在他刀刃下的弹性，目睹染了色的蜡液使尸体已经失血的组织重新焕发出人造的生命力。他并不是想出名，但跟想出名也差不了多少，因为他想获得大众的认可，想为自己所从事的事业正名，顺便满足他自己小小的好奇心。在黑暗时代[1]，一场接一场的瘟疫屠灭了无数个村庄，自那时起，欧洲医学在很大程度上只能为人们提供安慰，与其说是科学，还不如说是一种信仰：积久渐成，代代相传，形成了一套固定的做法，并没有经受过检验，完全建立在迷信的基础上。毕竟，与什么都不做相比，随便做点什么好歹还有一丝成功的机会。当时关于人体健康功能的概念是以古希腊人建立的体液学说[2]为基础的，虽然没有任何现实依据能够证明它是正确的，可是，当时的人们被厚古薄今的阴影所笼罩，只好相信是由于人类一代不如一代，才让曾经显而易见的道理现在变得难以理解，只能死记硬背，囫囵接受。当时的治疗手段其实是江湖骗术、炼金术和宗教的结合，师父带徒弟，代代相传。

1 约为 476—1453 年。

2 体液学说认为人体内存在四种体液，可影响健康和性格。

而那个师徒相授的培训体系既不需要解剖学知识，也不需要任何实践技能，只需要照本宣科，甚至病人自己提出的治疗要求都和医生给出的建议差不多：放血，拔火罐，祈祷，偶尔还要切掉身体的某个部分。在其他领域，启蒙运动已经初显成效，医学却落在了后面，因为它太古板了——比起证据更相信教条，埋头实验不如巧舌如簧。在这样的乌烟瘴气之中，约翰·亨特的好奇心仿佛一道炽烈的光，照亮了四周。

从童年时代起，他就对人类和动物的解剖都表现出了兴趣。1728 年 2 月的第二个星期，他出生在格拉斯哥南部乡村的一个农场里，农场名叫长考尔德伍德，是他家的产业。他的确切生日存在争议：虽然他本人总是在 2 月 14 日过生日，但在教区的登记册上却记载着 2 月 13 日，在他家用的《圣经》[1] 上又记成了 2 月 7 日。他是家中的十个孩子里最小的一个，或许是因为他的母亲已经对迎接新生儿习以为常，又或许是因为在他出生之前已经有三个孩子死去，让她明白了孩子出生并不意味着一定能活下来，所以她有意按捺住情感的流露，唯恐宣布孩子出生之后又出现变故，因此，他真正的出生日期也就记不清了。另一种可能是：大家都忙着干活，山坡上即将产羔的母羊都比他更要紧，因为家里没有其他的收入来源，更何况他的到来又给

1 家庭内部使用的《圣经》，常在其中记录家人的出生、结婚和死亡信息。

家里添了一张要吃饭的嘴，大家实在没有多余的工夫隆重纪念他的降生。小时候，他对功课既没有兴趣也没有天赋。他觉得读书很费劲，而且，与亲密接触教室外面的大自然相比，从书本中得到的东西实在微不足道，所以他对读书唯恐避之不及。早晨，他沿着小路走到教会去听课，却常常受好奇心的驱使而半途溜号，在乡间漫游好几个钟头，把本该花在书本上的时间都用于闲逛。他的童年是在观察中度过的，他观察叶子上的霉菌，也观察小河边、树篱下的泥土；在无所事事的漫长童年中，有时他在山坡上发现了死羊，就在羊的残骸上摸索；他还把蚯蚓的内脏挖出，将老鼠和鼩鼱剥皮……总而言之，约翰当时便已开始动手实践，琢磨解剖这门艺术。等他成年以后，当初对书本教条的厌恶就变成了他的原则——他不相信从书本上学到的东西，他认为：对于未经证实的真理，最好还是眼见为实。

约翰的青春期伴随着一连串的丧亲之痛。在他十三岁时，父亲去世，紧接着，两个姐姐也死了。大哥詹姆斯钟情于医学事业，而且干得不错，一度到伦敦发展，却因为身体抱恙没法再继续工作，只好回到农场，卧病在床。小平房的两居室，每张床都像抽屉一样从各面墙上拉出来，詹姆斯就在这样的床上躺了一些时日，最后活活咳死了。他死去的时候，约翰刚好在当地，很有可能目睹了他的死。当时约翰刚满十七岁。如今，几乎总有种种治疗方案可以从死神手中挽救生命，哪怕不能挽救，至少也能推迟死亡的到来，哪怕无法推迟，至少死者的死因不至于不明不白，因此我们已经很难想象，在那个生死只隔一线的年代，人们会有怎样的丧亲之痛。不难猜到，既然当时的死亡是如此猝不及防，几乎每个家庭都失去过好几个孩子，那么失去亲人的痛苦一定有点钝，有点木——因为已经经历过那么多回，他们肯定更长于应对，相当于已经打过了预防针，对他们来说，失去亲人应该不至于是灭顶之灾。所以，赶上农忙，第十个孩子的出生可能还比不上失去一对小羊羔的风险值得操心，以至于就连这个孩子出生的日子都没顾得上记，事后才勉强找补他的生日。不难想象，在那个没有麻醉剂的时代，既然截肢手术搞不好都是在厨房的桌子上做的，既然用钳子拔牙的时候可能会连牙床和牙龈也一并拔下来，那么，痛苦一定也就不那么值得斤斤计较、不那么具有毁天灭地的力量。一定是这样的。如果不是这样，简直无法想象。就算不是这样，其实人们能做的也还是一样：只能坚持，只能忍耐，大家都是这样过的，根本没有别的退路。就这样，约翰·亨特看着他所爱的人的尸体一具接一具地被抬出小农舍，抬往教堂，度完他们人生的最后一程[1]；然后，他又继续做自己该做的事，去上学，或者去田里干活。最后，在威廉的召唤下——这是他唯一活着的哥

1 尸体通常在教堂的墓地落葬。

哥了，虽然他几乎已经快忘了这个哥哥，他前往伦敦，从此再也没有返乡。

有时候，我沿街走着，或是坐在公共汽车上往窗外看，会看见某个孩子跑上前抓住母亲的手，或者双手伸得高高，扑进父亲的怀里，他们脸对着脸，又亲密，又专注。那种场面正是我所期待的未来，然而，这种时候我总会突然感到一阵剧痛，就像是往下躺的时候被一根针尖朝上的针刺了一下。我仿佛看到那些陌生人的脸上闪过了我的脸、约翰尼斯的脸，还有我的孩子侧转的小脸。尽管他们俩的脸被我想象得十分完美，但我真正在意的还是我自己的脸，我试图从这张脸上看出一个更好的自己，一个我想要成为的自己，一个坚定、可靠、脚踏实地的自己——这是我第一次意识到孩子和我们自己之间复杂的相互作用，我们是相互交缠的，他们会映照出我们的缺点，他们会有样学样，所以我们想要教会他们什么东西，我们自己就得先学会，比如诚实，比如耐心，比如先人后己。为了让自己能当上父母而生孩子，似乎是一种极其自私的行为；可是，要了孩子以后还想保持自己的生活不变，或者为了保持自己的生活不变而根本不要孩子，也是一样的自私。除此之外，唯一无可指摘的选择是：努力成为更好的自己，不需要把别人扯进来。当然，女儿一出生，事情就简单多了：现在再为她任何的瑕疵感到后悔都已经为时过晚，就算我希望不曾怀上她也已经来不及了，我唯一能做的事就只有努力把自己变成她需要的样子。但有时我仍然会想，我把生命强加给她，把我自己强加给她，这是否正确呢？如果我把同样强加于人的事再做一次，是否正确呢？就因为我想让她拥有一个盟友，就因为我太想再次怀抱一个熟睡的宝宝，抚触宝宝的眼睑、嘴巴和皮肤。也许，都是不正确的——实在没有什么正当的、合情合理的理由。实际上，我厌倦了风平浪静一眼望得到头的生活，我无法满足于此，所以才想要一个孩子，目的是让这个孩子迫使我进行自我改造，最终改造成我想变成的模样——就为了这个，我找尽借口，强词夺理。想到这里，我坐在公共汽车的上层，前额抵在湿淋淋的车窗玻璃上，赶紧去摸自己的肚子。我感受着它，感受着我自己。我保证，我会努力当个最好的母亲。我必须遵守这个承诺，否则无法弥补自己为了自私的理由就擅自当母亲的罪过。

我想说的是，约翰·亨特在青春期一次又一次遭受丧亲之痛，一定使他产生了拯救生命的强烈渴望，正如我在女儿出生时看到了一个轮回：其他人逝去的生命，可以转化为另一种能力——善良、快乐，或是越来越丰富的同情心。可我无法相信这一点。死亡又不是为了磨炼活着的人，死亡仅仅是事物的自然秩序，一些事先发生，另一些事随后也会发生——在某种意义上，我们所有人都会遭受同样的痛苦，也会同样从痛苦中走出来。回看这一切，我们或许就能讲得通了，当事情飞转直下，我们跟不上它的步调，便站在不受波及的地方，静静审视着整件事。有些结果是盲目决定导致的，有些结果根本就是不过脑子导致的，我们却总试图从中找到意义。相似的剧情在我们身上重复上演。我们可以这样安慰自己：世事本来就不可能是别的模样，它现在的模样就是正确的模样。人的一生如同一场有条有理的辩论，正如辩论中每一句话的逻辑都导向下一句话，所以人生中每一刻都是上一刻的顺理成章的结果。

从意大利回到家中，已经时值深秋，白昼越来越短。下午我往往都坐在楼上，约翰尼斯和女儿在外面玩耍，他们在花园四周堆积的落叶上奔跑，有时还把石头一块一块举起来，看看下面有没有小生灵。我透过窗户看着他们，觉得世事难料。我很快就会失去所有这一切。冬至将会过去，圣诞节也会过去，肚子里的孩子会出生，枝头会再次长出嫩芽，女儿娇小的身躯看上去似乎每时每刻都如此完美，但是要不了多久，她又会变成另一个模样，新的她将会取代现在的她。我愿意相信我们为生活所做的一切都是对的，就算不是，至少也是在所难免的。所以，我试图在所有“已经发生的事情”中找出某种模式、某条线索，看看到底是什么东西让这些事从“过去”中脱颖而出，得以实现。我到处寻找意义。我似乎觉得，所谓的“领悟力”

就藏在遗留在阁楼上的某块布下头，只要掀开布，我就能找到它，只要有了它，我就能彻底明白世事究竟是什么样以及为什么会这样；只要有了它，我就不再会觉得世事如此脆弱易碎。然而，我并没有找到什么“领悟力”。意义不是被“找”来的，所以不可能像在冷冰冰的地下室里找到潜藏的艺术品一样找到它，也不可能像在投影屏上找出某个图像一样找到它。意义早已被指定好了，它是直接叠加在已有的事物之上的，先到先得，毫不谦让。在意义之下，事件毫无计划地发生了，每一天都是因为我们的需求才被填满，每一个决定都会导致下一个决定，没有地图，走到哪里是哪里，未经深思，但令人难忘。

1748 年 9 月底，约翰·亨特历时两周，从长考尔德伍德农场来到了考文特花园。当他终于抵达哥哥家时，他看上去就是一个粗鲁的年轻人，风尘仆仆，邋里邋遢，言谈举止很不入流。他非常顽固，拒绝改变自己的言谈举止，尔后他将终生保持这样的形象。这一点预示着他有绝不妥协的性格，通过后来发生的事我们就会知道，由于他面临的是非常棘手的医学界状况，正是他那绝不妥协的性格才让他得以推动进步。他以哥哥助手的身份工作了十二年，但实际上，他很早就成为两人中更擅长解剖的那一个，所以没多久学校里几乎所有的解剖工作都是他完成的——不论是为教学示范用的尸体进行常规准备，还是对需要永久保存和展示的身体部位进行更专业的操作。后来，他的健康开始出现问题，可能是由于过度劳累，也可能是由于他在解剖室充斥着腐坏与肮脏的环境中度过了太长的时间——还要再过一个世纪，李斯特才将洗手消毒的概念引入外科手术，所以约翰的指甲缝里恐怕全是人类或动物的组织残余，而他研究的这些对象有些还活着，有些已经死了。但也有可能，他称病只是想找个借口从威廉的霸王条约中脱身。尽管他很有经验，但却没有资格证书，所以他没法开私人诊所，没法当外科医生。他已经在尸体上获得了足够多的研究结果，现在希望能有机会研究活人，所以他参了军。这是很机智的曲线救国，因为当军医不需要资格证书，而军医被解职后可以自动享有在普通民众身上行医的资格。1761 年 3 月，他登上一艘英国医疗船，参与了对法国布列塔尼海岸外的贝勒岛的袭击。

在战场上行医总是笼罩在绝望的气氛之中。英军第一次登岛失败后，甲板上横七竖八躺满了伤员，有的等着被截肢，有的需要把铅弹或碎木片从前胸或肋下的皮肉中剔出来，有的连头皮都被削去了一半，急需缝合，好歹死马当活马医。约翰就围着这样一群伤员打转。死因往往是多重的：可能是由于伤口本身，也可能是由于失血过多，还可能是由于治疗手段过于粗暴导致的休克，或是为了取出异物扒开伤口结果引起了感染。根本没有卫生条件和消毒措施，就直接在甲板上甚至战场边的烂泥地上活生生地切割着人肉。在这种条件下进行救治，与其说是白费工夫，还不如说是雪上加霜。术后感染极为普遍，以至于当时的外科医生认为化脓是愈合的必由之路。约翰·亨特眼睁睁看着同行们照本宣科地工作，他们一点儿也不怀疑做事的目的和方法可能有问题，而他们手下的伤患却在尖叫、流血、死亡。约翰不禁产生了疑惑：既然医生做的事几乎救不了任何人，那做下去还有什么意义？到了 5 月，增援部队第二次攻岛，这回他们成功登陆了。约翰偶然在一间空农舍里发现了躲藏在此的五名身负枪伤的法国士兵。他们的伤口并没有得到医治，却也愈合了，比起那些得到精心治疗的伤员，他们恢复得并不差，甚至还要好些。从此约翰开始改变做法，只治那些看起来非治不可的伤。他还主张：只要情况允许，尽量不要在战场上动手术，应该把伤患挪到相对舒适的地方，等病情稍微稳定一些之后再动手术；尤其是截肢手术更应如此。不过，尽管约翰对当时的标准医疗流程进行了如上的改进，许多伤患依然没有活下来。但死亡率不像以前那么高了。所以，哪怕遭到同行们的反对甚至嘲讽，约翰·亨特仍坚持认为：死的人变少了，这就是最好的证明。

那个星期六的早晨下着雨，约翰尼斯带我去见他的母亲，打算告诉她我怀孕的消息。她像往常一样开车到车站来接我们。约翰尼斯坐在副驾谈着他的工作进展，而我坐在后排，尽量忍着不吐。她的家是一所高高的房子，门脸很窄，约翰尼斯就是在这里长大的。为了迎接我们的到来，房子被打扫得干干净净，仿佛没有主人，专等着我们来入住。我们的外衣搭在椅背上，仿佛在宣示所有权；我们的袜子卷成团脱在角落里；我们的书看到一半，书脊朝上摊开在沙发垫子上；有光从走廊的窗户透进来，我们的一言一行制造出气流，扰乱了飘浮在光线中的微尘。我们把行李拿到楼上的卧室里，晚上就打算睡在这儿了。约翰下楼去，我留在卧室里，把睡衣和装牙刷牙膏的包拿出来，把绕成一团的手机充电线解开，干这干那，消磨时间。我希望约翰尼斯能趁我在楼上的时候先把消息告诉他母亲，那我就解脱了，我从来都很讨厌向别人通报爆炸性新闻，因为这多多少少会对他人的生活带来影响，哪怕是很小的影响。这意味着，别人也可以同样如此对我施加影响，随时都可能有某个人在某处盘算着怎样用最佳方式给我的人生带来“爆炸”，只要一想到这儿，我就恐惧不已。在来这里之前，我粗声大气地问过约翰尼斯：“你就不能先打个电话提前告诉她吗？免得到时候让她太意外。”

约翰尼斯却皱着眉头说：“她会更喜欢意外。”

所以，我尽可能地磨蹭了很久才下楼去。约翰尼斯和他母亲坐在擦得干干净净的餐桌旁，中间隔着一把绿色的旧茶壶，也隔着一片寂静，气氛绷得紧紧的。我走过去，站在约翰尼斯身旁，仿佛寻求他的庇护。他握住我的手，终于开口说话了。之后，我怀着“这件事总算结束了”的轻松感，晕乎乎，轻飘飘，愿意敞开一点心扉。我们喝了茶，制订了计划，角落里的收音机传出轻柔的声音，为我们的谈话平添一份亲热，好像我们怕在这所原本没人住的房子里说话会被人偷听似的。

接着，我躺在收拾得干干净净的客房里休息，约翰尼斯则坐在楼下看看书，看看电视。他母亲敲了敲门，走了进来。她给我端来一杯加了蜂蜜的温牛奶，外加一块她那天下午做的姜饼。她做姜饼的时候，我坐在椅子上看着她的双手深深插进一罐面粉里，心里忍不住想：我是不是有一天也能像她一样做起东西来驾轻就熟、有条不紊呢？她把盛着姜饼和牛奶的托盘放在床头柜上。我老是口渴，于是向她要水喝，她给我拿来了一杯。在那瞬间，这份温柔的关怀让我感觉像是回到了小时候——幼小的我得了流感，躺在床上等医生来，心里很安定，因为知道自己是有人呵护的。她在我身边走来走去，整理东西，我忽然意识到，这就是我一直以来渴望的：让某个人隔在我和“长大成人”之间，暂时让我卸下肩上的担子，不必再强求事事有解。她在床边坐下，靠着我，握住我的手。

“感觉怎么样？”她问。

“还可以。”我回答，“就是有点儿累。”

我告诉她，有时候，一吃完晚饭，收音机里的晚间新闻还没有播完，我就上床睡觉，可是哪怕睡了一整夜，我早上醒来时却仍然一点儿力气也没有，像是某种化学作用，我对此无计可施。我问她："每个人都会有这种感觉吗？"

她告诉我，她怀约翰尼斯的时候在一家剧院工作，每到休息时间，她都累得躺在放戏服的房间里。那间房里还摆着几台洗衣机，它们的旋转、轰鸣与震动无休无止，伴着这动静，她沉沉睡去。接着，她又说，约翰尼斯出生以后的头几个星期，只有在洗衣机跟前他才能睡得安稳，所以她把婴儿睡篮放在厨房地上，把一大堆衣服放进洗衣机里洗，他就能乖乖睡觉了。而她不想把他一个人留在那儿，他是她的第一个孩子，他还那么脆弱，所以她总是从楼上的卧室里拿一条鸭绒被下来，裹着它睡在厨房地上，陪着他。滚筒的嗡嗡声同时抚慰了他们俩，于是她也睡着了。

"孩子刚出生的头几个星期，当母亲的就会这样。"

她告诉我，因为疲劳过度，所以会暂时爱干这种无伤大雅的傻事——因为你没有时间从分娩的创伤中恢复，就得从无尽的混乱中努力抓住一丝丝熟悉的东西，说服自己与这个小小的陌生人相认，而与此同时，他已经把你的身体、你的家、你的人生统统撕裂了。女儿出生后，我经常想起这些话来，当时我暂时患上了急性广场恐惧症，只要抱着孩子一出门，我就会恐惧万分，总觉得一定会发生某种不知名的可怕灾难，而我根本保护不了她。每天,我都逼着自己狠下心把她放进婴儿背带里，让她小小的身体紧紧依偎着我，这样我就可以一直走到路的尽头再走回来。在这个过程中，约翰尼斯始终按我的嘱咐站在门口看着我们，他的神情很温柔，但是显然，他根本无法理解。于是我时常想到约翰尼斯的母亲，这个高大能干的女人，又坚定又冷静，每天都花好几个小时和她的孩子一起躺在厨房的地上，让洗衣机运转，只为获得安宁——这件事给了我很大的安慰。此时此刻，同她一起坐在客房里，低声聊着各自经历过的一些琐事，我第一次意识到，我与她之间的纽带不再是约翰尼斯，而是我腹中的孩子：我和她，都是这个孩子生命中的一部分，所以我们彼此相连；这种纽带是割不断的——也许可以逃避，但不可能摧毁，也不可能忘却。与她的这种全新的亲密关系完全在我的意料之外，但我却发现，它正是我所渴望的东西，有了它，我终于在这所房子里有了牢靠的位置，也终于可以名正言顺地得到她的照料。我想，也许这就是我从前总是小心翼翼、不太愿意到这儿来的原因，因为我总觉得来这儿就是把自己的存在强加于她，她既没同意，也没反对，我却自说自话地闯进了她的生活。

她离开后，我躺在床上，几个星期以来第一次感到如此平静。我想起了母亲。自从那天晚上发现自己怀孕之后，我总是感到缺失了些什么。现在我明白了，我缺失的并不是她这个人本身，而是她在我怀孕后能够扮演的角色，我缺失的是那些本该由她来完成的任务——只有母亲是完成那些任务的最佳人选。直到现在，我也依然想要这一切，想要一份持久的归属感，想要一个不管我配不配都会无条件属于我的地方。我想要的是那份无须索取、不求回报的爱。能不能得到那份爱，根本不在于你是个什么样的人，只在于两人的身份，一个是母亲，一个是女儿。只可惜，因为我已经失去了这个身份，所以我现在甚至想象不出那份爱是什么感觉了，因为在失去母亲的同时，也就忘记了如何做女儿。躺在约翰尼斯母亲家的床上，我既没法让自己回到从前，也没法见到母亲复生。我与她的关系，已经被我的成年取而代之。原属于她的那块空洞，在很久以前就已经被填上了，或者说，淤塞了——这就是死亡，时间会减轻“伤痛”，但会让“失去”翻倍。我本想说，要是母亲能陪在我身边，总会比约翰尼斯的母亲陪着我更好。可是我不能这样说。因为这种想法本身就是无稽之谈；同时也因为，我自己的母亲已经在不完美的回忆里渐渐褪色，而约翰尼斯的母亲就在这儿，活生生的，正把隔壁房间的地板踩得嘎吱嘎吱响，于是我不再幻想母亲能陪着我了。但我还是非常，非常想念她。

在军队干了三年之后，约翰·亨特离开了，开始为建立他自己的事业而奋斗。这场奋斗时日持久。因为他对种牙很有兴趣，他就先当了一名牙医，每天把牙齿从需要钱的人的口中拔出来，放进付得起钱的人嘴里。他注意到，如果供体的牙齿是刚拔下来的，这种原始而简陋的移植术就会有更高的成功率；要是供体的牙齿尺寸和缺了的那颗差不多，那么哪怕他的移植手术没有一台是完全成功的，但是其中仍有一些案例显示种上去的牙齿好几年都没有掉，这在当时已经算是相当大的成就。1764 年，他创办了自己的解剖学校，成了威廉的竞争对手。至此，他终于开始私人执业，并在此基础上继续从事自己的研究。他每天工作到很晚，起得非常早，既在病人身上也在他自己身上进行毫无道德顾虑的实验。钱一直是个问题。为了容纳家人、学生以及越来越多的手术用具，他只能一而再，再而三地扩大他在伦敦的住所，经济稍微宽裕，他就又在伯爵宫区租了一幢乡间别墅，用来养动物。他养的全是多多少少有些外国血统的动物。动物活着的时候，约翰进行观察；如果动物死去，他就把它们切成碎片进行研究。他给冬眠的刺猬量体温；为了证明骨骼通过外端积累来生长，他把染料喂给猪吃；他还收集化石，甚至让狗与豺狼杂交。爱德华·詹纳是他的朋友，也是他从前的学生。在寄给爱德华·詹纳的信中，约翰如此写道："我只有一个要求，就是把你能弄到的所有动物、蔬菜和矿石都送来。石化的动物和石化的蔬菜也行，通通送来。"

詹纳曾经跟着约翰学习了三年，之后拒绝了约翰关于合作的提议，于1773年离开了伦敦，回到他的故乡格洛斯特郡，在乡村行医。但两人还是通过信件往来保持着联系。詹纳写的信已经佚失，但约翰写的信还在。在那些文法不通但激情澎湃的信中，约翰开列了清单，要求詹纳给他送刺猬、布谷鸟、鳗鱼和海豚，还附带着他打算进行的实验的操作步骤，以及他打算尝试的治疗方法。詹纳送来的标本，加上约翰自己在伯爵宫的动物园里收集的标本，再加上另外数千件标本——挂在铁丝上的骨架，浸泡在罐子里的软组织，晒干的皮肤，蜡制的静脉网络，共同构成了约翰·亨特最伟大的纪念碑：如此大量的收藏，足以证明他的技术和好奇心。为了维持这样规模的收藏，约翰几乎破产。在他死后，他的关门弟子威廉·克利夫特精心照管这些东西，把它们都保存了下来。最终，它们成了英国皇家外科医学院亨特博物馆的藏品，这家博物馆如今就坐落在霍尔本车站后面。在我初次怀孕快要足月的时候，某个星期六的下午，我和约翰尼斯一起徜徉在这所博物馆。我对馆中庞杂浩繁的收藏以及生物复杂的构造产生了强烈的敬畏之情，敬畏得几近困惑，就好比将一个极为重要的字写得太大太大了，以至于我根本认不出它来。我们那天从家里出发的时候，原本打算参观的是约翰·索恩爵士博物馆，馆中都是18世纪收藏家的艺术品。它同样是博物馆中的一座丰碑，与亨特博物馆隔着林肯客栈广场相对。与亨特博物馆相比，索恩博物馆的藏品中既没有皮肤也没有肌肉，不过，在馆中狭窄的走廊里，一切藏品都有据可循，值得揣摩。我们先前已经去过那儿好几次，而现在，约翰尼斯和我打算找个地方消磨最后一个下午（因为我们知道，很快就没法再这样做了）。最好是能找到一个可以随心所欲、漫无目的地任好奇心驰骋的地方，因为我们大部分的闲暇时间都是这样度过的。于是我立刻就想到了约翰·索恩爵士博物馆，馆室很昏暗，墙上布满涂鸦，有很多笑话，有僧侣的牢房和石棺，还有小小的画廊，画都装裱在卷帘上。有个男人拿着长钩，一幅一幅地把它们打开，露出透纳笔下浩瀚难懂的天空，露出贺加斯现代道德主题绘画中的讽刺人物。每当走进这个地方，我总是雀跃不已，世上竟有如此不同寻常的事物存在，我怎能不雀跃呢？但是，那天约翰尼斯和我一到博物馆门口，就发现它因为私人活动而闭馆了，所以我们只能绕着尘土飞扬的林肯客栈广场走走看，看见广场中心的草坪都被盛夏的阳光晒焦了。我们走进客栈的红砖大门，走上二楼的皇家外科医学院，看见一座陈列室有整整两个楼面高，里头摆满了玻璃陈列柜。这里就是亨特博物馆的所在。

“你确定？”

那天早上，当我艰难地系鞋带时，约翰尼斯曾这样问我，“真的不愿意待在家里吗？”

但我已经决定了，就是要出去。尽管迄今为止我们已经在漫步和闲聊中共度了许多漫长的周末，这些时光占据了我们生活中的很大一部分，然而我始终觉得，当我们看着其他生命的人工制品时，好像还是有些重要的东西并没有宣之于口。我们其实无须开口，在沉默中就能彼此心领神会，那些言外之意就是我们之间的羁绊。我们一直把心有灵犀看成理所当然的事，却不料它会消失无踪。整整一个星期，我见助产士、见医生、讨论分娩方案、对比各个棉布品牌和婴儿睡篮的优缺点……非做不可的琐事仿佛诅咒一般把我弄得焦头烂额，我越来越不认识自己了，因为我从前的思想仿佛被清空了，整个头脑都被全新的烦心事填满，我成了一个连自己都不熟悉的陌生人。随着我越变越陌生，约翰尼斯也越变越陌生，他变得和从前不一样了，变得离我很远。旧日的安逸不见了，只剩下操不完的心、算不完的账。当我们单独在一起的时候，当我们坐下来吃饭的时候，当我们在公园的灯火下散步度过漫漫长夜的时候，我们的步伐并不协调。约翰尼斯昂首阔步，而我既笨重又蹒跚。我的内心并不平静，却对我们还无法想象的未来侃侃而谈，说起种种长远的计划，这样的长篇大论其实是对婴儿出生后我们可能的生活方式的一种强迫性的审视，我们该如何分工，我们需要什么，有什么要做，还有什么可以留到以后再做。我自说自话，滔滔不绝，大声分析过去的错误可能会造成怎样严重的后果，谈到我们各自的性格缺陷，谈到我希望事情能如何进行，在夏日浓密的赤杨林间，仿佛通过说个不停就可以让自己平静下来，就可以让我们成为最好的自己——仿佛我已经准备好了。可是实际上，我没法为自己完全不懂的事情做好准备，也不知道该如何度过接下来的几个月，除非亲身经历过一遍，否则谁会知道呢？所以，我的长篇独白不过是一种祈祷文罢了，我靠祈祷来填补空洞。除了这样做，我不知道该怎么办。我已经放弃了从前的那个我，留下了巨大的空洞。我挣扎着表现出积极主动，希望能与约翰尼斯恢复亲密，所以我才坚持俩人一起把时间花在我们从前常做的事情上，一边做，一边又因为我看不透这些展品而生气，要么就被我自己的固执搞得疲惫不堪。在整个过程中，约翰尼斯一直很有耐心，至少我觉得他看起来很有耐心。但就连他的耐心也让我不满。对我提出的错漏百出的计划，他平静地接受，对我语无伦次的念叨，他沉默地倾听。可我要的并不仅仅是这些。我希望他能像我一样对那些事真正上心，我也希望自己可以不要如此上心，我想听他抱怨我现在变得如此无趣，那么作为还击，我就能向他敞开心扉，我就能狠狠冲破这层把我们分隔开的外壳，让我们变回原来的样子。

当我们穿过纪念品商店走进博物馆时，我说："咱们逛完了可以去吃午饭。可以去七星饭店吃。去南岸找个地方吃也行。咱们可以吃中国点心。"

“你不累吗？”

约翰尼斯这样问我。我确实已经累了，我宁可待在家里，我后悔今天出了门，我的脚很疼，我被肚子里的孩子踢得烦透了，所以，我甩开了他的手，让他先走。

1780年1月27日，英国皇家学会召开了一场会议。把时间拨回到三十年前，约翰在那一年细细琢磨无名女尸的子宫结构，莱姆斯戴克在旁边速写，威廉观看了全程；把时间拨回到二十六年前，威廉在那一年用他自己的名义发表了关于胎盘供血机制的发现。而如今，在1780年皇家学会的这场会议上，约翰站了出来，指控威廉剽窃。也许，矛盾由来已久，结怨已深：在为威廉当助手的十二年中，约翰做了大量的工作，却没有得到任何署名；他在那些年里制作的东西也不能归自己所有，反而被威廉收入囊中，成了威廉个人收藏中的重要一环，害得约翰自己的藏品不再完整（当然，即便如此，约翰拥有的标本也已经数以千计）。可是这事已经无法挽回，约翰只好退而求其次，抓着作品署名的问题不放，然而最终任何一方都不可能在这场争端中得到满意的结果。英国皇家学会将拒绝发表约翰的论文。威廉没有为自己辩护，只是表示困惑不解，他这样的反应也同样令其他人困惑不解。不过，离世之时，威廉将自己的遗产连同长考尔德伍德的农舍在内尽数留给了外甥马修·贝利，而把全部的收藏品捐给了格拉斯哥大学。后来，事实证明，胎盘供血机制的最早发现者并不是这两兄弟之间的任何一个，而是荷兰解剖学家威廉·诺特维克，他早在1743年就证实母体和胎儿的血液供应是分开的。

我们站在博物馆里，身周全是约翰·亨特的遗物。他曾经通过这些东西来寻求他心目中对人的“理解”,毕生致力于弄懂人究竟是什么，我们究竟是怎样构成的，我们身上这些实实在在的平凡“零件”为何能组合成一个更伟大的整体，它独立、完整，而且无法理解。我看着约翰尼斯从一个展示柜走到另一个展示柜跟前，走过他身旁的鱼、化石和公鸡脑袋，那只公鸡的鸡冠上长了一颗人牙，像戴了一顶漂亮的帽子。我对他的熟悉感仿佛微尘一样从他身上飘散开去，最后，我认不出他来了，他也变成了无数碎片中无法辨认的一块。他在“爱尔兰巨人”查尔斯·伯恩的骨架旁停了下来。伯恩死前曾托人把自己的尸体装进铅质棺材，用马车运到肯特海岸，沉于海中；亨特却不顾伯恩本人的意愿，偷出了他的尸体，把他做成了骨骼标本。我见约翰尼斯耸起肩膀，微微偏了一下头，虽然他并未开口，我也能知道他不赞成亨特的做法。尽管这一切对我来说熟悉得就像自己的呼吸一样，可是，仍然有那么一瞬间，我认不出他来。我与他之间本有纷繁复杂的回忆，有宣之于口的话语和无法言明的话语，有依然坚守的承诺和已经背弃的承诺，有胡乱的妥协和争执——我们与他人之间总是会有诸如此类的无形的思维纽带，正是纽带决定了“我是谁”，可我却无法通过这些纽带认出他来。我仅仅是机械地知道他是谁。这是一个彻底被阐明的世界，一切都能被看见，一切都能被理解，还有什么比这更可怕的呢？这时候，约翰尼斯转过身来，目光与我对上了，于是他走回我身边，问：“要回家吗？”

而我说：“好。”

回答完这句话，我觉得好受多了。我终于知道该怎么面对这种挫败感了。

还有另外的时刻，某些很容易被遗忘的时刻，比如某个晚上，一切都很寻常。光从灯管里流到天花板上，汇成浅浅的一汪，窗帘已经拉上。我在床上打了个盹儿，醒来时发现约翰尼斯坐在我身边看书。我翻身面朝着他，伸出手去，他看都没看就握住了我的手。他的手指一如既往的干燥而温暖，那么熟悉，就像欲望的光明面。我们没有说话，也没有松手，我们又做回了自己。我闭上眼睛——在孩子睡着的时候，或是孩子尚未出生的时候，这样的时刻上演了一遍一遍又一遍，仿佛在无言地重申：一切平安无事，我们做得恰如其分。

约翰·亨特死于1793年10月16日。有时我们很难想明白，除了他收藏的那些密密麻麻令人毛骨悚然的罐子之外，他究竟还留下了什么。他做过无数实验，但基本都以失败告终——无论是种牙也好，剖宫产也罢。因为没有消毒抗菌处理，病人总是在手术后死亡。或许，他留下的最宝贵的财富其实是这样一种理念：我们是客体，我们自身可以成为学习的对象；我们并非神秘莫测，我们完全可以观察自己、看清自己。在约翰死去三年之后，他的第一个学生也是他终身的朋友——爱德华·詹纳，将为一个八岁的男孩接种牛痘。詹纳一共在二十三个人身上进行了实验，这个小男孩就是其中之一。随后，詹纳将小男孩暴露在天花病毒下，发现他已经获得了免疫力。这就是詹纳的贡献。他的贡献并不在于把牛痘用作疫苗——英国自 18 世纪 20 年代开始例行种牛痘，但在别的地方，其实牛痘法已经被运用了好几个世纪，他的贡献其实在于：他证明了牛痘确实有效。在他与亨特最早的信件往来中，亨特曾这样写道："但是，你明明写出办法了，为什么还要问我呢？我觉得你的办法可以。但是,为什么光想呢？为什么不尝试一下实验呢？"

还曾有这样一个时刻，我同样将它记得清清楚楚：助产士把多普勒接收器按在我隆起的腹部最高点，发现声音听起来不对劲，决定送我去医院。我衣衫凌乱地躺在沙发上，她则忙着收拾她的东西，穿上大衣。我企图从她的动作中判断情况到底有多危急。

“必须现在就去吗？”我问。而她回答：“还是去比较好。”

所以我站起来，找到我的外衣和袜子，又叫来了约翰尼斯。他问我：“要我和你一起去吗？”

我当然希望他能去；而且我希望，无须我开口，他就能明白我想他陪着我。可是，他明明可以舒舒服服地待在家里，我何必非要拽着他在医院里干坐几个小时呢，那太可笑了。于是我说：“我去就行了。”

所以他就顺理成章地给我拿了一个包，装上一瓶水，找来我的钥匙。在我穿鞋子的时候，他就站在房间中央，光着脚站在地板上。我们之间这点微小的差异顿时让一股冲动涌上心头，我向他走去，双臂环住他，安慰着他。现在只是有点突发情况，还不算太危急——当然，要是事后回头看，此刻也很可能是一场危难的前奏。可是我们谁都无法改变结果。在这件事中，我，是必不可少的那一个；而他，虽然同样很上心，却只能落在后头。

之后，我坐到了一块帘子后面，旁边是胎儿心跳监测器，许多条长长的皮带把传感器和我的身体连在一起，皮带扣用绳结固定在合适的位置。一位助产士花了不少时间来调整皮带扣和绳结，所以现在我几乎不能动弹，胳膊和腿都只能移动几毫米，这样才能保证监测器顺利运作。肚子里的孩子时不时改变位置，左右转动，一旦机器测不到心跳了，警报器就响了。而我只能坐在那里，听着警报器单调的哔哔声，等着助产士回来重新调整皮带。在我身旁，有一页摊开的纸，一根细细的线条描绘出胎儿的心跳，除了一串单调乏味的波峰和波谷，什么都没有——起先，我只觉得又难受，又害怕；可是，我看着纸上的这条线，它升上去，又折下来，不断重复，稳定而从容。渐渐地，长久以来一直堵在我心口的东西消失了，只剩下一种安心的感觉。也许，洞悉世事的眼力就是恐惧留给我的礼物。我看着腹中孩子的心电图谱，感受到的并不完全是爱意，也不是我们之间的联结或是交流，我只不过终于明白了什么是最重要的东西：我们与彼此在一起，保护着对方，被对方保护，超越争执，执手向前。

几个星期前的一天，我在抽屉里翻找东西，无意中发现了一张母亲的照片，不知怎么的，那么多东西都被扔掉了，它却保存了下来。照片中的她站在一排向日葵跟前，圆圆的花盘高过了她的头。她穿着一件短袖的费尔岛毛衣，下面是牛仔短裙，露出了大腿。她看上去好年轻，怀中抱着她刚出生的孩子。于是，我把这张照片也钉在书桌上方，就夹在两张胎儿超声照片和土卫六的剪报之间。看着这张照片，我发现，当我现在再想起母亲，脑海中浮现出的并不是她生病后的样子，也不是我童年时候的她——那时候，由于一次次的妥协，她的脸上总有一丝不易察觉的郁郁寡欢；如今出现在我脑海中的是这个我从未见过的女人，她低下头来，脸庞挨着她孩子的小脸，双手交握，满面笑容。对这样的她，我涌起满腔柔情。那时候，她一定也不知道生养孩子是怎样一回事，她只能从零开始学起，而且真的做到了——就像我一样，就像每个人打从出生的那一刻起，就得学习如何成为独一无二的自己，并接受所有随之而来的失落。我总是习惯性地把母亲看作一个已经完成了的人，一个人生已经被盖棺论定的人；现在，我想象着拍下这张照片时的她，在那个时候，对我们二人来说，一切皆有无限可能。这一刻，我感到她与我同在，亲密无间。对她的死，我终于释怀了。她没有消失，没有完结，她始终都在，我真高兴。

折腾了很久，他们还是没有看出我腹中的孩子有什么问题。只有一位助产士用力按压我的肚子，怀疑孩子是臀位。于是他们给我做了个 B 超，证实果真如此。我的骨盆里是孩子交叉的双脚，我的肋骨下是孩子缩着的脑袋，她的小脸转向一侧，双手举到脸前，手指弯曲着，像是在检查自己小小的指甲缝里有没有藏污纳垢。我被送到了候诊室，医生现在还没空来看我，我得等着。现在回想起来，正是从这个时间点开始，所谓的怀孕就变成了坐在不舒服的椅子上一次又一次的等待。所以，很快我就习惯了这一切：习惯了等得百无聊赖，习惯了偶尔被善意温暖，习惯了医院大堂餐厅的开放时间，也习惯了医院走廊里的气味；习惯了一扇扇门开了又关，门后的女人们跪在地上哭泣，让我偶然窥见这些属于女性的痛苦；后来，我也习惯了那些新手母亲的模样，虽然我尚未成为她们中的一员——她们憔悴的脸庞在看到新生儿的瞬间洋溢出惊喜，就仿佛花了九个月听一门课，而今忽然领悟了课程的全部含义。但那也都是后来的事了。此刻，我还是第一次坐在这里等着，我还没有习惯这一切。我坐得笔直，心想要是约翰尼斯也在就好了。坐了一会儿,我问接待员我能不能去餐厅吃点东西。她说她也不知道，但会替我想想办法。十分钟后,她给我拿来了一个鸡蛋三明治，是从冰箱里拿出来的，冷冰冰的，尝起来有股很重的人造黄油味。但不管怎样，我万分感激。吃掉三明治以后，我感觉好多了。终于,医生来叫我了。我僵硬地跟着他走进一间小办公室。他先报上了他的名字，而我根本没记住。我坐了下来。他拿过几张纸，说:“孩子是臀位，没错。”

我顿感焦灼和羞愧，仿佛我来医院就是因为我失了职，怪我没能叫自己的肉体听话，没能把腹中的孩子管好。虽然我也能看到屏幕上显示着我自己身体内部的明暗交织的图像，可我不知道那图像中存在着什么，就算看见了也认不出来；而他，他能洞悉这图像，能看穿我的内在，我好害怕他会对我进行评判。

“可以帮你预约‘外倒转术’，试试看能不能手动把胎儿正过来。这个过程会有点不舒服，也存在一定的风险……”

我竭力专心听他说，却控制不住地走神。我已经知道，反正我肯定会照这个人说的去做。我全盘接受，宽下心来。他口中谈论的似乎并不是我的身体，而是摆在我们之间的某样东西。它是可以预测的，是不足为奇的；对这样东西，他经验比我丰富，能做出更好的裁定。至于我，只需要带上它就行了。

“这些单子上说的是……”

外婆和我也曾经像这样面对面坐着，而且我记得，也是在一天之中的这个时间。区别只在于，这位医生和我置身于医院大楼里，这里没有窗户，除了护士们的脚步声和机器的哔哔响之外，也没有别的声音；这里也没有冒汗的玻璃杯，只有从候诊室角落的饮水器那儿拿来的两个塑料杯。我的手中握着自己的那一杯。

“你需要签个字……”

外婆也曾经像他一样试图帮我了解自己，好让我对自己的行动做出更明智的决策。虽然她口中说的与这位医生全然不同，却隐含着同样的承诺：他们都会帮我把复杂的内容分解得通俗易懂。放射科医生会说：这里是脚，手，这是头。外婆则用同样的语气说：这是需求，欲望，这是恐惧，这是愤怒，这是爱。外婆曾说，她能帮我看透自己。对我而言，这句承诺有时像是一件礼物，有时又像是一种暴行。可是在我看来，总有一些重要的东西被遗漏了——比如她寻求的那种“理解”。事物本身和它的名字之间存在着一条沟壑，重要的东西就丢失在那条沟壑之中。即便如此，我还是感受到了它的力量，所以我至今仍然照做不误：要是我既能了解自己，也能了解他人，那么世事会变得多么简单明了啊。如果说，只要我走到光源和屏幕之间，就能看到自己的构造，看到那些隐藏的结构，诸如骨头和关节——正是它们支撑起了其他部分，赋予了其他部分形状——那么我或许就能确定许多事，确定我还活着，确定我将死去，反正这两件看似南辕北辙的事其实是一体两面。然而，这是不可能的。我们只能在无穷无尽的黑暗中摸索：永远无法确定，永远无法把握，永远无法完成。

同样的焦虑又在困扰着我。我担心自己和约翰尼斯之间会疏远，也担心我们和女儿之间会疏远。我担心怀孕对我们施加的特殊影响没法随着孕期结束而消退。我担心自己成不了一个称职的母亲；我担心自己接受不了孩子，更别提爱了。不知怎么的，我还担心自己可能已经失败了，失败可能已经写进了我的基因里，充斥在我的过去，并将传承下去，跨越胎盘这道脆弱的屏障，感染我肚子里这个小小的陌生人——而我本应成为这个陌生人的保护神。我害怕所有看不见摸不着的东西，比如我自己的内在，比如其他人的想法，比如未来。胎儿已经转到了正确的位置，头部朝下，等待降生。女儿为这个小宝宝画了好多画。我们仨一起脚踏实地地站在一条绿色的分界线上，小宝宝还在虚空之中，尚未落地。有时候，仿佛有一根拉紧的绳索，一头连着孩子，另一头连着我或者约翰尼斯；但更多时候，孩子只是空无依傍地飘浮在我们的上空。约翰尼斯的母亲来和我们一起过圣诞节。她会一直住到孩子出生。

我躺到另一个房间的床上，一位顾问医师隔着我的肚皮用力推我未出生的女儿，把她推转一百八十度。太疼了，我强忍着不叫出声来。之后，我又被连接上监测器，坐了一个小时。孩子没事了，不过，又有个人说，她好像太小了点。他们要再给我做一次 B 超。接下去我就记不清了，记不清身边来来去去的都是什么人，记不清我又和医生谈过什么，也记不清我又在哪些候诊室里等待过。因为这些似乎都不再重要了。他们一遍遍地给我测血压，它总是升上去一点，又降下来一点，但是每一次都比上一次升得更高。他们告诉我可能视力会变差，头会痛，手脚会浮肿。回到家里，我躺在沙发上，看书，或者睡觉。约翰尼斯尽量照常工作。每天傍晚，我们都绕着公园散步，慢慢地走着，然后在酒吧停下，约翰尼斯喝苹果酒，我喝一品脱[1]酸橙苏打水，甜甜的饮料在玻璃杯里搅出黏稠的漩涡。我们很少说话。似乎并没有说什么，也没有做什么，不知不觉中就恢复了亲密。站在一起，等待着，等待着我们的结局，同时也是我们的开始。我买了一个婴儿睡篮、几包婴儿用品、一条襁褓，该做的都做了。我不再有喋喋不休的冲动。我们去约翰尼斯的母亲家过周末，我待在花园里读侦探小说。夜里我还是睡不着，但也不像先前那样总觉得累，我只觉得空落落的；这一切随时可能结束，结局必然到来，却依然不可捉摸，因为根本不可能提前想象出一个活生生的人要如何从“那儿”来到“这儿”。还要经历很多次 B 超，还要跟很多台机器打交道；孩子还是偏小，但是没人知道这会有什么影响。有时候我甚至觉得仿佛一切会永远停留在现在，秋天永远不会来了，孩子也是一样。直到第三十七周，我又一次坐在了医生的办公室里，约翰尼斯则留在家中。他的人生不用像我的人生一样经历这么多磨损，他的时间是连续的，我的时间被撕碎了。

“你的血压太高了。”

我告诉医生我一进医院就紧张，她笑了起来。然后又做了一次 B 超。我实在做了太多次 B 超，都失去了窥看屏幕的兴

1 英国常用容量单位，约等于 568.3 毫升。

趣。而她说："我得和顾问医师谈谈。"

她出去以后，我一个人坐在房间里，什么也没有想。她回来的时候看上去挺轻松，可是微微僵硬的表情出卖了她，我看出了她的焦虑。我立刻想起了那位完全将自己的情绪隐匿于高效工作背后的超声医师。

"我们建议你明天过来接受催产。"

我不知道自己原本期待的是什么，但肯定不是这个。我收拾出一包东西放在门厅，第二天早上坐公共汽车去了医院。接下来的两天时间里，我在医院的停车场里走了一圈又一圈，盼着产程快点开始，接着，医生用一根针戳破了我的羊水，挂上了催产素的点滴。我感觉自己的身体快要从里面整个翻出来，翻个底朝天。我记得的只有零星的片段了：角落里的收音机开着，约翰尼斯的手放在我的额头上，吸入的麻醉气让我犯晕，纸碗里丢着半块金枪鱼三明治，我躺在床上，拜托他们去办某件事。

接着，就是那个时刻，所有其他的东西都消失了：疼痛止住了，有人把女儿抱给了我，她小小的身体在空中扑腾，有那么一瞬间，我们合拢成了一个整体，摊在灯光下，一切都很完美，一切都清晰明了：我完全了解她，她所有的过去都是我的，因为我看见了那一切。

接着是一段模糊不清的时间。脐带被剪断，我们从此分离。

有人把她从我身上抱走，称重，穿上衣服。我松了一口气，闭上眼睛，都结束了，她的人生自这一刻开始从我的人生中脱离。约翰尼斯抱着她。她哭出声来，新生儿的啼哭声又凄厉又惊诧。我们不知道她为什么哭，但是不管怎么样，我们会想办法搞清楚的。